W0205691

Anekdoten aus Berlin

111 Anekdoten
von A bis Zet

Gesammelt und niedergeschrieben
von
Richard Carstensen

Husum

Umschlagbild: Johann Erdmann Hummel, „Schachpartie im Palais Voss", 1845
(Abdruck mit freundlicher Erlaubnis des Niedersächsischen Landesmuseums Hannover)

CIP-Kurztitelaufnahme der Deutschen Bibliothek

Anekdoten aus Berlin : 111 Anekdoten von A – Zet /
ges. u. niedergeschrieben von Richard Carstensen. –
2. Aufl. – Husum : Husum Druck- und Verlagsges., 1987.
(Husum-Taschenbuch)
ISBN 3-88042-207-9
NE: Carstensen, Richard [Hrsg.]

2. Auflage 1987
© 1983 by Husum Druck- und Verlagsgesellschaft mbH u. Co. KG, Husum
Satz: Fotosatz Husum GmbH
Druck und Verarbeitung: Husum Druck- und Verlagsgesellschaft
Postfach 1480, D-2250 Husum
ISBN 3-88042-207-9

Vorwort

In unserer Reihe „Anekdoten aus ...", in der „Schleswig-Holstein 1" bereits in 3ter, „Schleswig-Holstein 2" in 2ter Auflage, „Westfalen", „Hessen", „Niedersachsen", „Bayern" und „Baden-Württemberg" erschienen sind, bieten wir hier mit „Anekdoten aus Berlin", jetzt auch in 2ter Auflage, einen Blick auf die deutsche Metropole, deren Bestand schicksalhaften Ausdruck für Deutschlands weitere Entwicklung darstellt. Berlin, das im Zusammenwachsen aus an die hundert einst selbständigen Gemeinden 750 Jahre Geschichte überspannt mit dem Aufstieg zum Groß-Berlin der Reichshauptstadt und seinem Gegenwartsschicksal als geteilte Stadt. Berlin, so der Bundespräsident zum 17. Juni 1983, ist zu einem Symbol für Verständigungsbereitschaft geworden.

Im Bereich der märkischen Streusandbüchse erwuchs diese Weltstadt mit brandenburgisch-preußischem Geltungsdrang; Berlin, das ist dann die Zeit des Großen Kurfürsten und Friedrichs des Großen mit seinem selbstbewußten Sanssouci-Müller: „Es gibt noch Richter in Berlin!" – das ist Alt-Berlin mit Raabes „Sperlingsgasse" und der napoleonischen Besetzung und Fichtes Reden und dem „Aufruf an mein Volk" sowie mit der Biedermeierzeit des Papa Heim, mit der Geistigkeit der Humboldtschen Universität, wie unser Titelbild sie versinnbildlicht: Dort im Barockpalais in der Wilhelmstraße hat Graf Ingenheim, angesehener Kunstkenner und Maler, gleichgesinnte Künstler und Kunstfreunde in angeregter Unterhaltung beim Schachspiel vereinigt: Links mit der Tonpfeife der Architekt Hans Christian Genelli, Mitglied der Akademie der Künste und bedeutender Kenner der Altertumswissenschaft, vor ihm der Hofrat Aloys Hirt, „einer der schönsten Männer Berlins" und ebenfalls Akademiemitglied; mit seinem Gegenüber Friedrich Bury, dem er gerade Schachmatt bietet, hatte er in Rom zu Goethes engstem Kreis gehört. Der Hausherr, nachdenklich über das Schachbrett gebeugt, ist Sohn aus der Ehe König Friedrich Wilhelms II. mit der Gräfin Sophie Marie von Voß, der Oberhofmeisterin König Friedrich Wilhelms III. Der Offizier rechts im Vordergrund ist Graf Friedrich Wilhelm von Brandenburg, ebenfalls Sohn Friedrich Wilhelms II., und zwar aus dessen Ehe mit Gräfin Sophie Julie Friederike von Dönhoff; er war preußischer Ministerpräsident. Die nur halb sichtbaren Büsten an der Wand stammen von Christian Rauch und stellen Alexander von Humboldt und General Blücher dar – im ganzen eine Repräsentation geistiger Elite jener Jahrzehnte nach den Freiheitskriegen.

Für jene Vor-März-Epoche wird durch die verballhornende Persiflierung vom „beschränkten Untertanenverstand" andererseits der Eigenständigkeitsanspruch selbstbewußten Bürgertums gekennzeichnet; Georg Herwegh, Idol des jungen revolutionären Deutschland, wies damit die Verlautbarung zurück, mit der der preußische Minister öffentliche Proteste gegen die Entlassung der „Göttinger Sieben" autokratisch mißbilligt hatte: „Es ziemt dem Untertanen nicht, die Handlungen des Staatsoberhauptes an den Maßstab seiner beschränkten Einsicht zu legen . . ."

Berlin, das ist weiter die schlimme März-Zeit mit den Barrikadenkämpfen und dem Kartätschenprinzen – der Krieg gegen „Napolium" 1870 und der triumphale Einzug der Truppen durchs Brandenburger Tor – die Bismarck-Zeit mit der Einigung des Reiches und Deutschlands weltweitem Ansehen beim Berliner Kongreß mit Gründerzeit und Kulturkampf und sozialer Frage – die wilhelminische Ära mit der Illusion von Glanz und Gloria der Kaiserherrlichkeit, mit protzendem Weltmachtstaumel und feudalistischem Militärzeremoniell – mit dem Simplicissismus-Äh-Äh-Leutnant, der echten Preußengeist desavouiert, und der tragikomischen Eulenspiegelei des Schuster-Hauptmanns von Köpenick – mit dem Vorkriegs-Flanieren auf der Boulevardstraße Unter den Linden und Hinterhofelend à la Zille in Berlin-Nord – – und dabei Rathenaus zusammenfassende Erkenntnis des Zeitgeistes: daß das Volk dieser Epoche seinen Kaiser Willem so gewollt, nicht anders gewollt hat.

Nach dem Debakel aus dem Unmaß und Übermaß war es der Bewährungsversuch der Weimarer Republik mit Stresemanns Silberstreifen und den Goldenen Zwanzigern, mit der kulturellen Hochblüte voller Ausstrahlungskraft auf die ganze Welt, mit Max Reinhardts großartigen, unvergeßlichen und doch vergessenen Theateraufführungen, die Glanzzeit der UFA im waldumsäumten Babelsberg mit ihren Spielfilmen von überragendem Zuschnitt als Traumfabrik für das deutsche Gemüt, die leichte Muse der kessen Kleinkunstbühnen mit Otto Julius Bierbaum und Peter Hille, die dem Berliner Kabarett Durchschlagskraft gaben, mit Claire Waldoff oder Werner Finck . . ., Eleganz und Dekadenz des schnellebigen Berlin, üppiges, verrücktes Treiben, aber geistig, schöpferisch, frei – und dann schließlich Goebbels' „Wahrheiten" und Görings Uniformfaible – und am Ende Bombenkrieg und Kampf um Berlin – Sektoreneinteilung – der grausige Hungerwinter 46 auf 47, damals als die frierenden Berliner ihre herrlichen Waldanlagen, den Tiergarten und im

Westen den Grunewald abholzten – die Leistung der Trümmerfrauen, die als erste an der Republik gebaut haben – und das gespaltene Berlin mit kaltem Krieg und Blockade und Luftbrücke, mit der Schutzmachtfunktion der Westalliierten, die der Regierende Bürgermeister als „unsere britischen, französischen, amerikanischen Berliner" einbeziehen darf, und Kennedys stolzes Bekenntnis „Ich bin ein Berliner."

Berlin ist das Abenteuer Bundesrepublik und das Bewußtsein eines zerrissenen Deutschlands mit Mauer, Stacheldraht und Schießbefehl, mit dem täglichen Blick auf das Menetekel der totalitären Zwangsherrschaft dahinter, auf die Friedrichsstadt und das glanzvolle Museumsviertel und den Schloßbereich mit seiner ernsten Repräsentation preußischer Vergangenheit, auf die Menschen jenseits des Brandenburger Tors, die gleichermaßen Berliner sind. Berlin, das ist Inselschicksal und Sonderstatus, Demonstration und Hausbesetzer-Kreuzberg, Arbeitsstätte pflichtbewußter Werkschaffender und Geisterstadt von Berufschaoten mit Krakeelmachern und Gewaltanarchisten, die den Rechtsfrieden gefährden, Tränengas gegen Stadtguerilla, verletzte Polizisten, Verteufelung der Staatsautorität mit der Rükkendeckung der Freiheitsordnung des Rechtsstaates.

Und doch bleibt der Lebenswille dieser Stadt unbeugsam, bleibt der Charakter Spree-Athens als Kulturmittelpunkt, seines Daseins bewußt, erfüllt von vielfältigem, wimmelndem Treiben, das liebenswürdige und schnoddrige, das gutmütig-liebenswerte, das spritzig-schlagfertige Berlin mit seinem handfesten Humor des Schnelldenkers. Der Berliner Witz ist noch immer da! Was einst der legendäre Schusterjunge war, hat heute mancher Taxifahrer übernommen. So kennzeichnet es diesen mit Spreewasser getauften Volkstyp als „Herz mit Schnauze" und zugleich seinen volkstümlich-unbekümmerten Umgang mit den „Höheren", daß Bürgermeister Reuter, entgegen dem bekannten Erscheinungsbild einst nicht in der symbolgewordenen Baskenmütze auftretend, aus einem heruntergelassenen Taxifenster fröhlichen Zuruf erhielt: „Na, Ernste, Jehaltszulage jekricht? Hut jekooft, wat?" Die Stadt duldet keine Distanz.

Die Berliner Mundart hat mit ihrem kessen Urgehalt übrigens ausstrahlende Allgemeingültigkeit: Als das Musical „My Fair Lady" auf der deutschen Bühne seinen überwältigenden Erfolgszug antrat, hatte der Übersetzer des Librettos für Elizas Gassensprache treffenderweise Berliner Jargon gewählt – Es ist nicht bekannt, daß dagegen von dieser Seite je ein Einspruch erhoben worden wäre.

Was sich anekdotisch in breiter Palette zwischen die hier dargestellten Geschichtsabläufe rankt, soll schlaglichthaft etwas von den Zwischenwerten aufzeigen, die in bunter Vielfalt Menschliches ansprechen, und damit das zeitgeschichtlich verbürgte Geschichtsbild von menschlich-lebendiger Seite greifbar pointiert abrunden helfen.

Noch heute kennzeichnet der Kehrreim in Paul Linckes „Frau Luna" die Anziehungskraft dieser Stadt: „Das macht die Berliner Luft, Luft, Luft. / So mit ihrem holden Duft, Duft, Duft . . ."

Und wenn auch die alten Linden der weltberühmten Prachtstraße, der Kernanlage seines Werdens zur Weltstadt, Triumph- und Schicksalsstraße ohnegleichen, gegenwärtig jenseits der schicksalhaften Mauer stehen, so blühen sie doch weiterhin als Spiegel zukunftssicherer Gewißheit: „Berlin" – so heißt es und nicht: Berlin (West) – „bleibt doch Berlin."

Zeitgerecht

Das Jahrzehnt nach dem November achtzehn, so sagt man mit Recht, war weitgehend eine „Monarchie ohne Kaiser". Natürlich wurde es den Schwarzweißroten nicht möglich, so übergangslos von ihrer Kaisertreue zu lassen. Damals stand MAX ADALBERT als Komiker in volkstümlichem Ansehen. „Ihre Sorgen möcht' ich haben! / Und dazu noch Rothschilds Geld", so sang er jeden Abend dem Publikum in „Monsieur Troulala" vor. Aus Danzig stammend, verstand er es hervorragend, den Berliner zu verkörpern: schnoddrig, schlagfertig und gutmütig, auch bissig.

In dem Berliner Schwank „Das Ekel" spielte der beliebte Volksschauspieler in jenen Zeiten vielumjubelt die Titelrolle, immer wieder unbekümmert zeitbezogen extemporierend. So kam er, zum Rasieren eingeseift, auf die Bühne gestürzt und hielt sich wehklagend die Wange: Er hatte sich geschnitten. Die ganze Familie stand mitleidsvoll um ihn herum und bedauerte ihn aus Leibeskräften. Da mußte er etwas Situationsgerechtes äußern und improvisierte spontan: „So 'ne Jemeinheit! Det wär' einem unta Willem nich passiert!" Die Berliner applaudierten begeistert.

So bühnenwirksam kam dieser Gag an, daß Adalbert seine Situationskomik bei der nächsten Aufführung wieder anbrachte. Aber sein Partner wollte ihm bei seinem textfremden Improvisieren ein Bein stellen und konterte mit einer antwortheischenden Rückfrage: „Wieso denn det?"

Max Adalbert war nicht aus seinem Konzept zu bringen. Er blickte den andern unwirsch von oben bis unten an: „Wat denn? Wat denn? Du bist woll Republikana, wa? Mensch, wat denkste woll, det kann ick mia nich leistn: Ick hab' uff's Jericht zu tun!"

Recht und Gerechtigkeit

Zu den bedeutendsten Strafverteidigern der Weimarer Republik gehörte – heute als Staranwalt bezeichnet – MAX ALSBERG, berühmt aus spektakulären Prozessen wie auch durch seine wissenschaftlichen Schriften zum „Weltbild des Strafrichters".

In einem solchen Prozeß hatte er im Plädoyer einst wieder einmal mit seinen übergreifenden Kenntnissen und mit überzeugenden Argumenten seinen schwer belasteten Mandanten freigepaukt. Nach der Urteilsverkündung begegnete er auf dem Flur dem Staatsanwalt, der knallte seine Akten in spontanem Wutausbruch auf eine Bank und stieß erregt aus: „Wenn so etwas Recht sein soll, dann möchte ich nach Hause gehen und meine sämtlichen juristischen Bücher verbrennen!"

„Besser wäre es", versetzte Rechtsanwalt Alsberg mit distanzierter Überlegenheit, „Sie würden sie vorher einmal durchstudieren."

Gleichberechtigt

Einst hatte der preußische Kultusminister, der allgewaltige ALTHOFF, den Chemie-Professor Fischer, Ordinarius und Nobelpreisträger, zu sich gebeten, um seinen Rat zu hören. Fischer erschien, wurde ins Wartezimmer komplimentiert – und wartete. Er sah sich das jedoch nur kurze Zeit an, nahm seinen Mantel und begab sich wieder in sein Institut zurück.

Nicht lange dauerte es, so ging das Telefon. „Sagen Sie Ihrem Minister", erklärte er dem Beamten, der ihn ganz erstaunt fragte, warum er nicht geblieben sei: „Wenn ich selber etwas Besonderes will, so wäre ich vielleicht bereit, eine Weile zu warten; wenn ich aber zum Minister gebeten werde, dann wird er auch wohl in der Lage sein, mich sofort zu empfangen. Meine Zeit ist genau so kostbar wie die des Herrn Ministers."

Der sonst so unnahbare, allmächtige Althoff hat den Professor Fischer niemals wieder in seinem Vorzimmer warten lassen.[1]

Wenn es einen Block gibt

Zu den Ganzgroßen deutscher Schauspielkunst gehört ALBERT BASSERMANN, der am Deutschen Theater bei Max Reinhardt tätig war und anschließend fast nur noch auf Gastspielreisen wirkte, weltberühmt als Ibsenspieler und in klassischen Rollen, Träger des Ifflandringes. Einst saß er in Schillers „Don Carlos“ als König Philipp auf seinem Thron, vor sich Marquis Posa, der in begeistertem, sich überstürzendem Pathos seine Forderungen hervorsprudelte: „Ein Federzug von dieser Hand, und neu geschaffen wird die Erde. Geben Sie . . .“

Da stockte jäh der Idealist, sein Redefluß war wie abgeschnitten.

Solchen Gedächtnisblock kann es auch bei routinierten Schauspielern geben, sogar in Passagen, die jeder Schüler zu zitieren vermag. Auch die beste Souffleuse ist da wirkungslos.

In seiner souveränen Bühnensicherheit überbrückte Bassermann das tödliche Schweigen und rettete damit die prekäre Situation: „Herr Marquis“, rief er, „Sie meinen wohl Gedankenfreiheit?“

Schauspiel privat

Der Schauspieler FRIEDRICH BECKMANN, wie so mancher Berliner aus Breslau stammend, hat die Gestalt des Eckenstehers Nante geschaffen und war beim Publikum der Spreestadt höchst beliebt. Doch dann gab es ein Zerwürfnis mit seinem Direktor am Königstädtischen Theater. Beckmann, bekannt durch seine bissige Schlagfertigkeit, schrieb ihm in einem Abschiedsbrief: „Sie sind Ritter des Roten Adlerordens dritter Klasse, Besitzer eines Theaters zweiter Klasse und ein Rindvieh erster Klasse.“ An der Burg in Wien nahm man ihn mit offenen Armen auf.

Aus dieser Berliner Zeit hat Beckmann selbst von einem heiteren Erlebnis erzählt: Er wollte sich mit drei Schauspielkollegen ein Feuerwerk in Treptow ansehen und wandte sich an den Kutscher eines wartenden Kremserwagens vor dem Stadttor. „Wir fahren erst los, wenn zwölf Person’ injestiejn sind“, knurrte der Mann. Den vier Fahrgästen wurde das Warten mit der Zeit zu lang, einer vermummte sich ein wenig und trat zum Kutscher, der vor sich hindöste: „Is noch Platz?“

„De schwere Menge“, gab er zur Antwort; „steijn Se man rin!“

Bald darauf wandte sich der nächste Schauspieler an den Fahrer. „Immer nur rinjestiejn“, rief der Mann erfreut, „Se sind Nummer sechs!“

Als sich der dritte und dann der letzte der vier Schauspieler vorn gemeldet hatten und in den verdeckten Planwagen einweisen ließen, meinte der Kutscher: „Sehn Se woll, jetzt sind's schonstens achte; fehlen man bloß noch vier lumpje Personen.“ Die vier lustigen Brüder wiederholten also noch mal das Ganze, und zum Schluß kam noch Beckmann als der dreizehnte. „Nee“, rief der Rosselenker und zog den Pferden die Decken vom Rücken, „ick darf nich mehr als zwölf Person' uffladen; de Pullezei hat mir schon uffn Strich.“ Die andern im Wagen riefen: „Lassen Se unsern Freund man mit, der is ja'n Dünner.“

Der Kutscher war wie vor den Kopf geschlagen, als in Treptow nur vier Fahrgäste ausstiegen. „I, da muß ja gleich der Deibel dreinschlagen; bin ick denn behext? Steijen dreizehn Männekens rin, ick hab's doch jezählt, un nu sitzen man bloß vier in' Wagen?“

Er beruhigte sich erst, als ihm die Taxe für zwölf Personen gezahlt wurde.[2]

Völlig unbekannt

Selbstbewußte Überheblichkeit, reservierte Distanzierung, kleine Sticheleien gehören zum Auftreten der Arrivierten. Das erlebte man beispielsweise bei ELISABETH BERGNER, als sie in den Jahren vor der Machtergreifung in Berlin so überwältigende Triumphe feierte.

Aus irgendeinem Anlaß hatte die Schauspielerin auf dem Bühnenschiedsgericht zu tun und begegnete dort dem Generalintendanten Leopold Jessner, mit dem sie mal eine kleine Dissonanz erlebt hatte. „Guten Tag, Frau Bergner“, begrüßte er sie ganz arglos. „Ich habe nicht das Vergnügen, Sie zu kennen“, wies sie seine harmlose Höflichkeit spitzig zurück. Mit kurzer, hoheitsvoller Verbeugung stellte er sich vor: „Jessner.“

„Jessner“, wiederholte die Bergner nachdenklich, „sind Sie auch beim Theater?“

Eliteauswahl?

Nach seinen Göttinger Semestern bezog BISMARCK die Berliner Universität, bestand dort zwanzigjährig – „er zog auch in der Residenz die Freiheit des Weltlebens streng wissenschaftlichen Studien vor" – die Auskultatorprüfung und wurde anschließend als vereidigter Auskultator beschäftigt.

Dem gutaussehenden, im Umgang liebenswürdigen Jungjuristen standen in dem vornehmen Berlin die Salons offen; auf Grund seiner Familienbeziehungen wurde er auch bald zu Festlichkeiten des königlichen Hauses eingeladen.

Auf einem Hofball stand Otto von Bismarck damals 1835 zum ersten Mal dem Prinzen Wilhelm, dem Bruder des Königs von Preußen, gegenüber. Keiner der beiden konnte die historische Schicksalhaftigkeit dieser Begegnung – des späteren Kaisers und seines „treuen Dieners" – ermessen.

Wohlgefällig betrachtete der elegante Prinz die imponierenden Gestalten des akademischen Landjunkers sowie seines stattlichen Kollegen von Schack, die der Justizminister von Kamptz ihm vorgestellt hatte. „Nun", lächelte Prinz Wilhelm mit freundlicher Frage, „unsere Justiz sucht sich ihre jungen Leute neuerdings wohl nach dem Gardemaß aus?"[3]

Wie mit einem Menschen

Das Leben OTTO VON BISMARCKs ist ohne seine Hunde nicht denkbar. Schon als Schüler im heimatlichen Schönhausen waren Hunde seine unzertrennlichen Begleiter, und allzu bekannt sind die Streiche, die der „tolle Bismarck" als Göttinger Student verübte – fast immer spielt dabei sein „Couleurhund" eine Rolle.

Bekannt sind die Bilder, die den Kanzler mit seinen beiden eisgrauen Doggen zeigen, und wunderbar ist das echt kameradschaftliche Verhältnis, in dem er sich diesen „Reichshunden" verbunden fühlte. Er konnte mit ihnen sprechen wie mit einem Menschen, oft sogar besser und mit dem Gefühl, unmittelbar verstanden zu werden.

„Wenn ich nach dem Reichstag ging", so erzählt Bismarck

von einem dieser prächtigen Hunde, Tyras, der mit seiner edlen Würde und der riesigen, Achtung gebietenden Erscheinung wie ein Spiegelbild seines Ich erschien, „nahm ich den Weg meist durch den Garten hinter dem Reichskanzlerpalais, öffnete hier die Pforte nach der Königgrätzer Straße, drehte mich gegen Tyras um, der mich bis dahin wie immer vergnügt begleitet hatte, und sagte bloß: ‚Reichstag!'" Sofort ließ der Hund Kopf und Schwanz hängen und verzog sich niedergeschlagen. Einst hatte ich meinen Stock, den ich auf die Straße nicht mitnehmen konnte, da ich in Uniform ging, an die Innenmauer des Gartens gestellt, ehe ich durch die Pforte schritt. Nach vier Stunden kam ich aus dem Reichstag zurück. Tyras begrüßte mich nicht beim Eintritt ins Haus wie sonst stets, und ich fragte daher den Schutzmann, wo der Hund sei. ‚Der steht seit vielen Stunden hinten an der Gartenmauer und läßt niemand zu Euer Durchlaucht Stock!' erwiderte der Wachtposten."[3]

Sein Selbstbewußtsein

Als BISMARCK – er war soeben in den Fürstenstand erhoben – einer Einladung zum Abendessen bei Prinz Karl folgte, empfing ihn der Hausherr auf der Marmortreppe seines Palais mit ausgebreiteten Armen: „Nun, Durchlaucht, wie fühlen Sie sich jetzt als Fürst?"

Für Bismarck war die Übereignung des Sachsenwaldes bedeutsamer als der Titel, der in Wirklichkeit ja kein Fürstentum „hinter sich" hatte. Und er hat oft genug betont, die Familie Bismarck sei „nicht schlechter als die schwäbische Familie der Hohenzollern".

„Danke, Königliche Hoheit", gab der Kanzler ruhig zur Antwort. „Ich fühle mich nicht anders als vorher. Als Herr von Bismarck bin ich mir schon immer anständig vorgekommen, und ich hoffe es auch künftig zu bleiben."

Es war nicht eine Entgegnung, wie der Prinz sie erwartet hatte; er war mißmutig genug, aus seinem Unwillen kein Hehl zu machen. Der alte Kaiser soll herzhaft gelacht haben, als er von Bismarcks selbstbewußter Antwort hörte.[3]

Streit um Kamele

Während zu BISMARCKs 80. Geburtstag eine unübersehbare Fülle von Gratulanten wie in nationaler Wallfahrt nach Friedrichsruh zog, um dem „Alten vom Sachsenwald" vaterländischen Dank auszusprechen und die volkstümliche Verehrung für den Reichsgründer zu bekunden, lehnte eine Mehrheit des deutschen Reichstages es ab, dem Alt-Reichskanzler Glückwünsche zu übermitteln. „Der Reichstag macht sich unsterblich lächerlich", war das Urteil der – mit 163 zu 143 Stimmen – überstimmten Minderheit. Ebenfalls die Berliner Stadtverwaltung weigerte sich, Bismarck zu gratulieren.

Der Kaiser sprach dem Geburtstagskind „den Ausdruck tiefster Entrüstung über den eben gefaßten Beschluß des Reichstages" aus. Damals erschien im „Kladderadatsch" ein Gedicht „Die Erbärmlichen", dessen Schlußverse lauteten:

Doch schade wär's, wenn ihre Namen
Vergingen in der Zeiten Lauf.
Man bring' sie unter Glas und Rahmen
Und hänge sie am Rathaus auf,
Damit auch noch Urenkel lesen,
Wenn vieles sich geändert hat,
Was für Kamele einst gewesen
Die Väter unserer größten Stadt.

Das aufsehenerregende Gedicht trat bald darauf von neuem ins Licht der Öffentlichkeit, als die Stadt Berlin – mit der Begründung, Charlottenburg liege außerhalb ihrer kommunalen Grenzen – es ablehnte, sich an der Spendenaktion für den Bau der Kaiser-Wilhelm-Gedächtniskirche zu beteiligen. Damals brachte der Erbauer an wenig zugänglicher Stelle der Kirchenfassade, die im Bombenkrieg zusammengebrochen ist, ein Relief an, auf dem Rebekka am Brunnen die Kamele tränkt, darunter die streitbaren Verse des Gedichts von Johannes Trojan.

Der Architekt wurde auf dem Wege der Beleidigungsklage gezwungen, die Inschrift zu entfernen, und verstand es – mit neuen Trojan-Versen – trotzdem, das letzte Wort zu behalten:

Vertilget ist nun ganz und gar,
Was auf dem Steine stand geschrieben.
Vernichtet ist die Inschrift zwar
– Doch die Kamele sind geblieben.[3]

Gehört Wahrhaftigkeit nicht zur Politik?

Bei Abschluß eines Berlin-Besuchs in den 50er Jahren wurde Adenauer von seinem Gastgeber, dem Regierenden Bürgermeister Otto Suhr, zum Flugplatz Tempelhof begleitet. Er hatte den Herrn auf dem Sitz neben dem Fahrer für einen Sicherheitsbeamten gehalten und nicht bemerkt, daß es sich dabei um den Präsidenten des Berliner Abgeordnetenhauses, WILLY BRANDT, handelte.

Gesprächsweise erkundigte sich Adenauer teilnehmend nach Suhrs Gesundheitszustand, der etwas bedenklich schien, und riet ihm fürsorglich, sich behutsam zu verhalten. „Wir brauchen Sie hier in Berlin", sagte der hochbetagte Bundeskanzler, „und Sie müssen wissen, daß Sie mein Vertrauen haben." – „Sollte mir etwas zustoßen", erklärte Suhr, „so übernimmt Willy Brandt mein Amt."

Adenauer schien nicht recht überzeugt: „Ich werde Ihnen mal sagen, was der Herr Brandt will", fuhr er fort; „der will Sie weghaben." Erst in diesem Augenblick erkannte der Alte von Godesberg, wen er auf dem Vordersitz vor sich hatte.

„Adenauer ließ mich unversehens in die Betrachtung seiner Eigenart geraten", so Willy Brandt später, denn der „alte Fuchs" aus Bonn tat völlig unbeeindruckt und keineswegs wie auf bedenklicher Fährte ertappt: „Da sitzt er ja, der Herr Präsident", rief er. „Wofür interessieren Sie sich eigentlich, Herr Brandt? Wir haben uns gerade über Gartenbau und Blumenzucht unterhalten."

Der zukünftige Nachfolger Otto Suhrs kostete die Überlegenheit seiner Situation aus und meinte leichthin: „Für politische Biographien, Herr Bundeskanzler." Dieser, sonst stets selbstsicher überlegen, tat nur einen schwachen Abgang: „Wat wollen Sie damit denn sagen?"[4]

Vision = Sinnestäuschung

In seinen Erinnerungen gibt ARTHUR – auf Berlinisch liebevoll-anerkennend „Atze" – BRAUNER aufhellenden Einblick in die Mentalität der zahllosen Filmprominenten, mit denen er sich in seiner CCC-Film GmbH so bedeutsamen Anteil am deutschen Filmangebot erworben hat.

Dort kennzeichnet er beispielsweise den bedeutsamen O. W. Fischer als einen der zugkräftigsten Schauspieler, den der deutsche Film je hatte – und als einen der schwierigsten, bei dessen Namen „sich die Gesichter meiner Regisseure im Erinnerungsschmerz leidvoll verziehen". Der große Filmdarsteller glaubte ehrlich, alles besser zu wissen: besser als der Drehbuchautor, besser als der Regisseur, besser als der Kameramann. O. W. Fischer war sich seines Wertes – „die Leute gingen ja seinetwegen ins Kino" – bewußt, bis er in Hollywood erlebte, mit seinen Starallüren und -ansprüchen kurzerhand vor die Tür gesetzt zu werden.

Auch in der Kleiderfrage ließ er sich seinen Marktwert auszahlen: die von ihm getragene Kleidung ging nach Drehschluß automatisch in seinen Besitz über – mit dem Ergebnis, daß er im Schrank an die 700 Anzüge hängen hatte.

Brauner prüfte als Produzent einst die Kalkulation für die Ausstattung zum Film „Und das am Montagmorgen". Der Herr Bankdirektor, den O. W. Fischer spielte, benötigte wieder eine Fülle von Anzügen, doch dann erstarrte Brauners Blick. Im Voranschlag stand: „Ein Wintermantel, gefüttert mit Zobelpelz". Der Film spielte im Hochsommer.

Im Ferngespräch gab O. W. Fischer aus Lugano ganz arglos Auskunft: Selbstherrlich wie es seine Art war, hatte er sich noch eine Szene ins Drehbuch schreiben lassen, „so eine Art Vision, weißt du, also da glaubt der gute Mann, er sei Direktor geworden, und das auch noch mitten im Winter, und da braucht er ja was zum Anziehen, oder willst du ihn erfrieren lassen . . ."

Darauf Atze mit letzter Kraft: „Vision – Vision heißt Sinnestäuschung. Und wenn du glaubst, daß ich dir den Pelzfummel zahle, dann haben dich deine Sinne getäuscht."[5]

Vergebliche Rettung

Zu den Filmlieblingen der 20er und 30er Jahre gehörte HANS BRAUSEWETTER, großartig als blonder Studententyp des Karl-Heinz in Alt-Heidelberg, auch beispielsweise im „Paradies der Junggesellen", in seiner bezaubernden Jungenhaftigkeit umschwärmt von der Damenwelt. Aber „Brausi", wie seine vertrauten Freunde ihn nannten, fühlte sich nicht glücklich und steigerte sich gar in Depressionen, denn er war ein betonter Gegner der NS-Regierung und ihrer Ideologie mit der Gleichschaltung des geistigen Lebens wie der Kontrolle der privaten Lebensäußerungen.

Diese Abneigung blieb natürlich nicht unbemerkt und führte dann – wie in einem schlechten Film – zu grotesker Situation: Brausewetter hatte damals seine Szene in den Berliner Kammerspielen mit überstürztem Abgang zu beenden: „Ich muß mich beeilen, sonst werde ich verhaftet." Und als er dann rollengerecht agierte, setzte sich die Bühnenhandlung hinter den Kulissen in groteskem Realismus fort: Zwei Gestapo-Beamte erwarteten ihn dort, um ihn tatsächlich zu verhaften. Eine Kollegin konnte bei Goebbels schließlich seine Entlassung aus dem KZ durchsetzen. Aber sein Schicksal erfüllte sich dann noch in den letzten Kriegstagen, als ihn eine Granate vor seinem Haus tödlich verletzte.

Kurz vorher hatte Heinz Rühmann den Freund noch vor dem Volkssturm bewahren können. Er hatte mit der Dienststelle telefoniert, weil er ihn für eine Filmaufzeichnung benötigte, und mußte sich vorhalten lassen: „Sie drehen doch jetzt keinen Film mehr – wozu denn auch wohl?!"

Darauf Rühmanns Antwort, die den Freund – wenn auch leider nur auf beschränkte Zeit – rettete: „Ja, glauben Sie denn, das deutsche Volk will nach dem Endsieg keine Filme mehr sehen?"[6]

Gott oder die Minister?

Bismarck bezog seine Fußbekleidung von dem Hofschuhmachermeister BREITSPRECHER, einem urwüchsigen Original Spree-Athens; er war bekannt wegen seiner Berliner Schlagfertigkeit.

Einst hatte der Meister ein Paar bestellte Stiefel abzuliefern und suchte seinen hohen Kunden im Reichskanzlerpalais auf. Natürlich hatte er als Leiblieferant Zugang zu den Gemächern.

Er mußte warten, da nebenan eine Besprechung stattfand, eine inoffizielle Sitzung des Kabinetts. Weil die Tür nur angelehnt war, wurde der Schuhmacher gezwungenerweise Zeuge der Diskussion. Eine Einigung kam dabei nicht zustande.

Unwillig verließ Bismarck die Zusammenkunft und stieß im Vorraum auf seinen Meister mit den Stiefeln. „Breitsprecher, haben Sie gelauscht?“ fragte er etwas verblüfft.

„Da war Se nischt zu lauschen, Ex'lenz, de Tiere stand uff Klemm, und de hohen Herren palawerten ja janz scheen laut und uffjeregt!“

„Und was haben Sie sich dabei gedacht?“

„Wat ick jedacht habe? Ick ha'mir so jesacht, Ex'lenz: Nu weeß ick doch wenigstens janz jenau, dat der liebe Herrjott unse scheene Welt rejieren duht – denn de Herren Minister, de bringen det beschtimmt nich zustande!“[3]

Versuch am untauglichen Objekt

Im Romanischen Café der „Goldenen Zwanziger“ lernte ARNOLT (bitte mit t!) BRONNEN einen Intendanten – ebenfalls aus Wien stammend – kennen, der kein Hehl daraus machte, an einer Provinzbühne tätig zu sein. Bronnen, der avantgardistische Expressionist, nutzte die Gelegenheit, den Landsmann für sein Skandaldrama „Vatermord“ zu gewinnen, und interpretierte ihm wortreich die dramaturgischen Leitlinien des Bühnenstücks.

Der mit so viel Drängen Umworbene wahrte seinen Wiener Charme: „Also Herr von Bronnen“, verklausulierte er seine Absage, „also wenn i Ihre Stück' net spiel, so brauch Ihne das net leid zu tun. I verschdeh eh nix von Literatur.“[7]

Wie lange bis zum nächsten Besuch?

Nach 1945 ging BRONNEN in den damaligen Sektor Ostberlin. Parteikonform wie er war, erhielt er von den Machthabern auch die Genehmigung zum Hausbau in einer Intellektuellensiedlung. Bald darauf schon erschien bei ihm offizieller Besuch: Der Kultusminister Johannes R. Becher schaute bei dem Genossen ein.

„Es ist alles recht nett bei Ihnen", meinte der einflußreiche Funktionär im Laufe des Gesprächs, „nur noch ein bißchen kahl . . ."

Bronnens Entgegnung ließ nicht recht erkennen, ob darin bereits doppeldeutig das Haar erkennbar war, das er inzwischen in der Suppe seiner direkten Annäherung an die Kulturpolitik der neuen Heimat gefunden hatte: „Ganz recht, Genosse Minister, die Bäume sind noch jung", versetzte er, „aber ich hoffe, sie werden erheblich größer sein, wenn Sie mich wiedermal besuchen."

Mit Perfektion gelungen

In seinen „Denkwürdigkeiten" berichtet FÜRST BÜLOW von einem Intermezzo – es war in den „hundert Tagen" des Dreikaiserjahrs 88 – mit der Kaiserin Friedrich. Als Amateurmalerin hatte sie ein Gemälde der Fürstin Bülow geschaffen und wollte von dem kunstsinnigen Ehemann nun sein Urteil wissen.

„Erlauben Sie mir, Majestät, dafür ein wenig auszuholen", erklärte der geistreiche Hofmann diplomatisch und berichtete dann, daß Ludwig der XIV., der Roi Soleil, einst dem Herzog von Saint-Simon ein von ihm verfaßtes Sonett vorgelesen und ihn um sein Urteil ersucht habe. Nach Prüfung habe der Herzog erwidert: „Sire, Eurer Majestät ist nichts unmöglich. Sie wollten ein schlechtes Sonett machen, und das ist Ihnen vollständig gelungen." Bülow schloß: „Eure Majestät haben ein unähnliches Porträt meiner Frau machen wollen, und das ist mit Perfektion erreicht."

Die Kaiserin zeigte sich überlegen genug: Sie lachte und nannte die Antwort des Herzogs von Saint-Simon wie sonst die des Fürsten Bülow ganz entzückend.[8]

Kampfansage

Die Auseinandersetzungen zwischen dem Dirigenten HANS VON BÜLOW und Botho von Hülsen, dem Intendanten der Berliner Königlichen Theater, hatten sich zu dramatischer Schärfe zugespitzt. Bülow, sensible Künstlernatur und höchst reizbar, opponierte gegen den bürokratisch-höfischen Kunst-,,betrieb", und erhielt schließlich Hausverbot der Oper, als er diesen bissig als ,,Zirkus Hülsen" kennzeichnete.

Als das nächste Philharmonische Konzert unter Bülows Stabführung angesagt wurde, steigerte sich die spannungsvolle Erwartung auf den Siedepunkt. Beim Betreten des Saals wurde der Dirigent mit ostentativem, nicht endenwollendem Applaus empfangen. Da flüsterte er dem Konzertmeister ein paar Worte zu, die dieser rasch ans Orchester weitergab, die Musiker blätterten in ihren Noten, und dann hob von Bülow den Taktstock zu der Arie aus ,,Figaros Hochzeit": ,,Will der Herr Graf ein Tänzchen nun wagen, / mag er's nur sagen – / Ich spiel ihm auf . . ."

Es war die unüberhörbare Kampfansage des tiefgekränkten Dirigenten an seinen tyrannischen Widersacher, die er hier, die Anhänger hinter sich wissend, mit spontaner Programmänderung zum Ausdruck brachte.

Mozarts Musik ging schier unter in dem frenetischen Beifallsjubel eines begeisterten Publikums.

Frei wie Hagenbecks Tiere

Der aus Ostpreußen stammende LOVIS CORINTH, der nach langen Münchner Jahren in Berlin heimisch geworden war und dort zur Sezession gehörte, lebte in der Reichshauptstadt in guter Freundschaft mit dem Dichter Otto Erich Hartleben. Einen großen Teil ihres Arbeitstages verbrachten die beiden Gleichgesinnten in Weinstuben der Innenstadt. Meist saßen sie schweigend da, rauchten und tranken. Gelegentlich wurde ihr Pokulieren auch durch einen kräftigen Trinkspruch untermalt, so wenn Corinth seinem Freund zuprostete: ,,Prost, alter Pegasusbruder! In philistros! Maler und Dichter gehören zusammen wie

Räuber und Mörder. Der eine bringt die Natur in Farben um, der andere in Versen!"

Aber zu konventioneller Anpassung konnte sich Corinth nie bereiterklären. Als ihm damals ein Lehrauftrag an der Berliner Akademie angetragen wurde, winkte er nachdrücklich ab: „Ick Akademie? Von Staats wejen Maler drillen? Det ick nich lache! – Der olle Hagenbeck hat mal von seine Bestien jesagt: ‚Wenn ick se nich in Freiheit halte, denn jehn se ein, denn kann se der Schinder holn.' Und sehn Se, deswejen bin ick jejen de Akademien."

Liebenswürdig, stilgerecht

LUDWIG DESSOIR, seit der Mitte des vorigen Jahrhunderts hochangesehen als Tragöde am Königlichen Schauspielhaus Berlin tätig, stammte aus Posen und hieß ursprünglich Dessauer. Auf einer Bahnfahrt geschah es einst, daß er von einem Bekannten aus jener zurückliegenden Zeit als „Herr Dessauer" begrüßt wurde und diese Namensform mit bühnengerechter Attitüde gemessen berichtigte: „Dessoir, wenn ich bitten darf."

Der so ungnädig Abgewiesene begegnete dem Schauspieler beim Umsteigen erneut auf dem Bahnsteig, wie dieser ziemlich nervös in die Runde blickte, offenbar etwas suchend. „Wenn ich Ihnen behilflich sein kann, Herr Dessoir", rief der Bekannte ihm freundlich zu: „Das Pissauer befindet sich auf der anderen Seite des Bahnsteigs."[26]

Engagement

Als in der NS-Zeit die Kirche in arge Bedrängnis geriet, hatte sie in dem in Lichterfelde geborenen Generalsuperintendenten OTTO DIBELIUS, inzwischen – 1933 aus politischen Gründen amtsenthoben – im Ruhestand, eine starke Stütze. Ein offener Brief, in dem er den Reichsminister Kerrl angegriffen hatte, führte zu einem Sensationsprozeß, doch mußte Dibelius als führender Vertreter der Bekennenden Kirche freigesprochen werden. Für die NSDAP bedeutete es einen spürbaren Prestigeverlust, daß Dibelius' Vorwürfe als Rechtens anerkannt wurden.

Nach Abschluß der Gerichtsverhandlung versuchte der Kirchenminister, einen verbindlichen Ton anzuschlagen: „Herr Generalsuperintendent, warum exponieren Sie sich eigentlich so ganz unnötig? Sie sind doch gar nicht mehr im Dienst!"

Die Antwort des streitbaren Kirchen- und Gottesmanns, nach 45 noch ein Jahrzehnt lang Bischof von Berlin-Brandenburg, war in ihrer kämpferischen Zurückweisung unüberhörbar: „Herr Minister, ein Christ ist immer im Dienst!"[12]

Ärztlicher Kunstfehler

Zur Erhaltung echter Lebensnähe ist es manchem Schriftsteller recht förderlich, zugleich einen bürgerlichen Beruf auszuüben. Das gilt für ALFRED DÖBLIN, der – wie beispielsweise auch Gottfried Benn – eine Arztpraxis betrieb, und zwar in der Nähe des Alexanderplatzes. Sicherlich deutet sich von dort aus die exakte, z. T. plastisch-krasse Bildhaftigkeit seines zeitgenössischen Romans „Berlin Alexanderplatz", der Ende der 20er Jahre herauskam und sogleich bestsellerhafte Verbreitung fand.

Bei einem Empfang, den der Verlag damals zu Ehren des bisher nur wenig bekannten Verfassers gab, wandte sich eine Dame mit etwas maliziöser Fragestellung an den Autor: „Verehrter Doktor, ist es nicht etwas prekär, zweierlei Künsten dienstbar zu sein – besteht da nicht die Gefahr, mal einem ärztlichen Kunstfehler zu erliegen?"

Döblin hörte die Spitzzüngigkeit heraus und stimmte der Dame souverän zu: „Da haben Sie völlig recht, gnädige Frau", entgegnete er todernst. „Erst neulich ist mir bedauerlicherweise ein solcher beruflicher Kunstfehler unterlaufen. Da fertigte ich einen Patienten in einer einzigen Behandlung ab – und hinterher mußte ich zu meinem argen Schrecken feststellen, daß der Mann Millionär ist!"

Unverwüstlich einberlinert

Als zur Legende gewordenes Original belebte vor zwei Jahrhunderten MADAME DUTITRE höchst volkstümlich das Berliner Gesellschaftsleben. Ihre köstliche Urwüchsigkeit erweist die integrierende Anziehungskraft der einstigen Residenz, denn die Tochter des vermögenden Bierbrauers war hugenottischer Herkunft und hatte als Ehepartner in dem vermögenden Seidenhändler Dutitre ebenfalls einen Angehörigen der französischen Kolonie gefunden.

Bei einem Spaziergang Unter den Linden erzählte sie ihrer Hausdame einst in unbekümmert aufwendiger Lautstärke von ihren Besuchen dieses Vormittags. „Wat meenen Se man bloß, wo ick heute schon ieberall rumjeloofen bin: von de Beneken zu de Beyrichen, un denn bin ick zu de Majorin Schmidten jeloofen . . .“

„Um Himmelswillen, gnädige Frau“, beschwor die Gesellschafterin ihre Herrin mit scheuem Blick auf die Mitpromenierenden, „on dit: gegangen, nicht jeloofen!“

Madame Dutitre sah keinen Anlaß, ihre Stimme zu senken: „Ach wat: jegangen – jeloofen bin ick un hab' den reichen Dutitre jekricht. Un Sie sind immer vornehm jegangen, haam keen' abjekricht un sind 'ne olle Jungfer jebliem. Also da saach ick mir doch: Jut jeloofen is immer noch besser als schlecht jegangen!“

Kennzeichnend für ihr ungezwungenes Auftreten war schon ihr ungezwungenes Verhältnis zu „Majestätekens“, wie sie König Friedrich Wilhelm II., den leutseligen Großneffen Friedrichs des Großen, wie auch dessen Nachfolger anredete. Nach dem Tod der Königin Luise suchte sie diesem auf ihre Art die Anteilnahme zu bekunden: „Ja, ja, Majestäteken“, sagte sie mitfühlend bei einer Begegnung, „det is schlimm for Ihnen. Wer nimmt woll schon jern 'nen Witwer mit siem Kinderkens?“

Huldigung

Als Angehörige des Bildungsbürgertums hatte MADAME DUTITRE, wenn man den Spöttern Glauben schenken will, bei einem Besuch in Weimar nicht unterlassen können, Goethe anzusprechen. „Anjebeteter Mann!" lief sie ihm schwärmerisch, mit ausgebreiteten Armen entgegen, als sie seiner bei einem Spaziergang im Park ansichtig wurde. Solcher Emphase völlig abhold, fragte der Olympier sehr distanziert, ob die Dame ihn denn kenne.

„Jroßer Mann, wer sollte Ihnen nich kennen! Jottojott, wenn ick so denke, wie scheen Se det jedicht't haam: ‚Fest jemauert in de Erden!'"

Als der Dichter etwas indigniert zu verstehen gab, daß die Madame ihn mit seinem großen Freund Schiller verwechsle, zeigte sich die literarisch beflissene Berlinerin nur wenig beeindruckt: „Och, det macht ja nischt, Exellenzchen. Schiller un Jeethe, det is bei uns allens eene Schmiere."

Uneinheitliche Zusammenarbeit

Zum Begriff der „Goldenen Zwanziger" gehören im damaligen Berliner Theaterleben Bühneninszenierungen mit Regisseuren von internationalem Rang wie Fritz Kortner, Gustaf Gründgens, JÜRGEN FEHLING, die die Aufführungen zum Spitzenerfolg brachten.

Als die drei Theaterleute einst beim Glase Wein zusammensaßen, brachte Kortner tiefsinnig eine Feststellung hervor: „Hier sitzen wir nun, und jeder glaubt von sich, er sei der beste Regisseur. Nur unser Freund Fehling macht eine Ausnahme. Der glaubt von uns, daß wir es auch von ihm glauben."

Fehling verfügte in der Tat über hohe Selbsteinschätzung und außerdem über einen Führungsstil, der nicht bei allen Schauspielern Anklang fand. So geschah es einst, daß Matthias Wiemann, hochangesehen als Charakterdarsteller, bei einer Fehling-Inszenierung partout nicht zum Einvernehmen mit ihm gelangte; immer wieder hatte der Regisseur Einwände. Schließlich zeigte sich der seelenvolle Wiemann sauer: „Ich komme im allgemeinen mit den Regisseuren recht gut aus, Herr Fehling, aber Ihnen ist ja wohl gar nichts recht zu machen. Liegt das nun etwa an mir?"

„Lassen Sie uns offen miteinander reden, Herr Wiemann", versetzte Fehling unbeirrt. „Mich irritiert schon Ihr Gesichtsausdruck, denn Sie setzen durchgehend so eine Miene auf, als bedauerten Sie, nicht bei Langemarck gefallen zu sein."

Mit Anmut frech

Im Keller des Berliner Künstlerhauses in der Bellevuestraße hatte sich Ende der 20er Jahre die „Katakombe" – daher dieser Souterrain-Name – niedergelassen, anerkannt als das lebendigste Kabarett jener Zeit. WERNER FINCK, dem Leiter dieser literarisch-politischen Kleinkunstbühne, hatte die Mutter bei der Berufswahl – mit Hinweis auf den goldenen Boden – einst geraten, Handwerker zu werden, doch er hatte sich für „Mundwerker" entschieden.

Mit der Machtübernahme kamen für das Kabarett und ihren Leiter schlimme Zeiten, als er die Nazis mit politischen Anspielungen auf den Arm nahm. Anstoß hatte es bereits gegeben, als einer der Völkischen ihn in einem Zwischenruf mit „Judenjunge!" beschimpfen wollte und Finck – reinarisch, aus Görlitzer Apothekerfamilie – gelassen konterte: „Da irren Sie aber sehr – ich sehe nur so intelligent aus!" Abgestempelt als „eine der verheerendsten Gestalten der Berliner Asphaltliteratur", wußte er genau, daß er sich mit seinen witzig-verwegenen Wortkapriolen, seinen „Balanceakten auf dem kühnen Drahtseil doppelbödiger Wortspiele, das von keinem Netz abgesichert" war, in ständiger Gefahr befand – und ironisierte weiter Zeitbegriffe wie Blubo, Ariernachweis, Scholle.

Für einen Eichensprößling, so berichtete er beispielsweise einst in einer Glosse, habe die Baumschule ihm einen total überhöhten Preis abverlangt und diesen damit begründet, es sei keine gewöhnliche, sondern eine Hitler-Eiche, die werde tausend Jahre alt. „Na", meinte er, „so etwas ist Vertrauenssache."

Als ihm diese Passage dann von der allgegenwärtigen Zensur verboten wurde, entschuldigte sich Finck am nächsten Abend: Es sei keine Vertrauenssache – im Gegenteil: Er sei mit dem gesunden Wachstum der Eiche sehr zufrieden. Und fügte hinzu: „Vor ein paar Monaten war sie noch ganz klein, gerade bis zu meinen Knöcheln, dann reichte sie mir bis an die Knie, und jetzt steht sie mir schon bis zum Hals."

Schließlich trieb der Kabarettist seine Doppelsinnigkeit doch allzu waghalsig. Als einige der ständig anwesenden Spitzel – „so unauffällig wie möglich" – mitschrieben, beugte sich Finck von der Rampe zu ihnen hinunter: „Spreche ich zu schnell? Kommen Sie mit? Oder – muß ich mitkommen?"

Er mußte und wurde in das berüchtigte KZ Esterwegen eingeliefert.[10]

Der brave Soldat Finck

Auf der Flucht vor Joseph Goebbels hatte WERNER FINCK, der dem Reichspropagandaminister und Kulturdiktator – auch nach seiner Entlassung aus dem Moorlager sowie ausgestoßen aus der Reichskulturkammer und damit belegt mit Auftritts- und Arbeitsverbot – mehr als Persona non grata war, den Weg nach vorn gewählt und war freiwillig „zu den Fahnen geeilt". Als Arbeitsloser ohne Arbeitslosenunterstützung hatte er erkannt, daß es für ihn praktisch nur noch ein Brot gab, das er sich verdienen konnte – das Kommißbrot.

Prominent wie er war, erlebte er beim Eintreffen bei der Enna, der Nachrichten-Abteilung einer Division, mit Überraschung, daß ein junger Offizier, weil er eine Gastrolle der Wehrbetreuung annahm, ihm das Köfferchen tragen wollte, daß der Unteroffizier auf der Wache um ein Autogramm – auch für sein Töchterchen – bat, daß der Abteilungskommandeur ihn mit offenen Armen – „Welcher Glanz in meiner Hütte!" – aufnahm. Im ganzen eine grotesk-komisch-absurde Situation.

Als Finck ganz privat seine Sorge äußerte, er werde den Sold eines Soldaten nicht verdienen und das Gegenteil eines guten Soldaten sein, erhielt er den gutgemeinten Rat: „Es genügt uns, wenn Sie einen guten Soldaten spielen. Sie sind doch Schauspieler!"[10]

Die Zukünftige und die Gegenwärtige

Es ist wenig bekannt, daß sich einst der Dichter THEODOR FONTANE und Rudolf Virchow, der Arzt, um die Gunst derselben Dame bewarben. Dabei konnte es nicht ausbleiben, daß die beiden temperamentvollen Nebenbuhler oft sehr heftig aneinander gerieten. Eines Tages zum Beispiel, als Fontane der Angebeteten vorlas, meinte der Arzt spöttisch: „Wenn die Dame durch Ihre faden Romane krank wird, dann werde ich meine ärztliche Kunst an ihr erweisen."

Der Dichter blieb die Antwort nicht schuldig: „Und wenn sie dann durch Ihre Rezeptklittereien gestorben ist, dann werde ich sie durch meine Werke unsterblich machen!"

Seine Ehe schloß Fontane dann jedoch mit einer anderen, die zu seinem Leidwesen nur geringes echtes Verständnis für das künstlerische Naturell ihres Mannes aufbrachte. Seiner Tochter, mit der er vortrefflich harmonierte, entwarf Fontane einst zur Kennzeichnung die köstliche Schilderung eines ehelichen Bettgesprächs zur Morgenstunde:

„Mamas Laune ist verhältnismäßig sehr gut. Heute früh hatte sie das Bedürfnis, sich zu unterhalten, und trotzdem ich gern noch weitergeschlafen hätte, entspann sich, völlig vom Zaun gebrochen, folgendes Gespräch:

Sie: Ich weiß nicht, wie die Frommen so gegen das Verbrennen sein können; Asche oder Erdenstaub ist doch ganz dasselbe, wenn sich's um Auferstehung handelt.
Ich: Ja, so sind die Frommen. Der Kaiser red't auch so.
Sie: Ja, der. Das macht, weil sie immer eine Wand um sich rum haben. Er sollte nur auch mal unerkannt durch die Straßen gehn und hören, wie das Volk spricht, so wie ‚Hassan'.
Ich: Harun.
Sie: Ja, Harun al Hassan. Übrigens find' ich, daß Friedels (des jüngsten Sohnes) neuer Anzug sehr gut sitzt.
Ich: Ja.
Sie: Und ich will auch gleich 'mal nachsehn, ob mein Knie heilt. (Sie tut es). Ja, es heilt. Ich habe so sehr gesunde Säfte.
Ich: Jawohl.

Ich muß sagen, daß solche kleinen Erlebnisse sehr zu meiner Erheiterung beitragen."[11]

„. . . gegen die Desinfektion"

Im Sommer 1891 schrieb FONTANE nach einer Renovierung des Hauses Potsdamer Straße 134 c, in dem er von 1876 bis zu seinem Tode wohnte, an seine Tochter:

„. . . Mama scheint während dieser ganzen Epoche die Rollen des Königs und der Königin in ‚Des Sängers Fluch' glücklich in sich vereinigt zu haben; denn wenn es dem Portier Bittner gegenüber hieß: ‚Und was sie sinnt, ist Schrecken, und was sie blickt, ist Wut', so hieß es dem Maurerpolier gegenüber: ‚Und lächelte süß und milde, als blickte Vollmond drein.' Es wurde dies durch beständiges Kaffeekochen usw. erzielt. Der Lohn war ein Einsetzen voller Arbeitskraft . . . und vor allem ein tapferes, beständiges zum Munde reden. Es gipfelte in dem immer wiederholten Satze: ‚Madam, es ist ja alles klagbar; ich ließe den Baumeister von nebenan nich los und ließe mir auch keine Vorschriften von'n Wirt hier unten machen, die Tapeten riechen ja schon sauer und *sind gegen die Desinfektion.*' Auf diese Schlußwendung ist er immer wieder zurückgekommen; Triumph preußischer Bildung."

Rechtsschutz für Ehrenmänner

Unter den Strafverteidigern im Berlin der 20er Jahre stand Rechtsanwalt ERICH FREY in beachtlichem Ansehen, weitgehend auch bei denen, die sich einen Staranwalt leisten konnten: Ganoven und Angehörigen der berüchtigten Ringvereine, die sich als „Geselligkeits"-, „Sport"- oder „Sparvereine" ausgaben. Freys Anwaltskanzlei am verkehrsreichen Potsdamer Platz sah viele hilfesuchende Klienten, angeblich umso dunkler die Ehrenmänner, je dunkler der Abend.

Einst empfing er zu entsprechend später Stunde einen Mandanten, dem er nach Lage der Voraussetzungen des Falles nur geringe Aussicht auf Erfolg eröffnen konnte. Doch der Besucher, dem Frey mit seinem erfolgssicheren Auftreten, den Monokelblick hochmütig auf die Kontrahenten gerichtet, mehrfach beim Beobachten von Gerichtsverhandlungen imponiert hatte, sprach ihm ermunternd zu: „Warum so bescheiden, Dokta? Wir kennen unsern Mann doch jenau: ‚Jehste zu Frey, denn kommste frei!'"

Tiefengründe der Poesie

Gemeinsam mit Walter Kollo, dem volkstümlichen Schlagerkomponisten, hat HERMANN FREY die Poesie des deutschen Schlagers befruchtet. Die Entstehungsgeschichte ist oft seltsam. So saß Frey in seiner Künstlerkneipe einst im Kreis der Freunde, als man nach Musik verlangte und der Pianist, alkoholisch nicht mehr ganz unbeeinflußt, sich zum Klavier in der Ecke des Raumes begab. Mit schwankendem Gang suchte er an der Wand einen Halt und tastete sich vorwärts.

„Vorsichtig, vorsichtig", unterstützten ihn warnend die Zurufe der Trinkgenossen, aber er winkte selbstsicher ab: „Immer an de Wand lang, immer an de Wand lang!"

Berufsdichter leben hellhörig, und so klingelte bei Frey ein Glöcklein, als er diesen rhythmischen Satz aufnahm. Schon formte sich bei ihm eine Gestaltung. Der guten Ordnung halber kaufte er dem Pianisten die Urheberrechte ab – für drei Mark, die in der fröhlichen Runde sogleich versoffen wurden.

Aus dieser Begegnung schuf Hermann Frey seinen Schlagertext, zu dem Walter Kollo die Melodie komponierte – es wurde ein Welterfolg mit typisch Berliner Humor:

Und dann schleich ich still und leise
Immer an der Wand lang
Immer an der Wand lang
Heimwärts von der Bummelreise
Immer an der Wand lang
Immer an der Wand lang
Schimpft zu Haus ooch meine Olle
Immer an der Wand lang
Immer an der Wand lang
Ja, ich bin 'ne dolle Bolle
Immer an der Wand
an der Wand entlang.

Königliche Entscheidung

Aus der Anekdotenfülle, die FRIEDRICHS DES GROSSEN liberale Lebenseinstellung – „Jeder nach seiner Façon" – kennzeichnet, berichten die berühmten Marginalien aus der Hofkanzlei von einer treffsicheren Entscheidung des freisinnigen Herrschers.Es lag die Meldung eines Magistrats aus Schlesien vor, ein Bürger sei inhaftiert worden, weil er Gott, die Majestät des Königs und den Magistrat gelästert habe, sowie die Anfrage, mit welcher Strafe der Arrestant zu belegen sei.

König Friedrich gab die Anweisung: „Daß der Delinquent Gott gelästert hat, beruht auf seiner Unkenntnis der göttlichen Macht und bleibt deshalb straffrei; daß er seinen königlichen Herrn gelästert hat, sei ihm von mir vergeben; daß er aber einen hochwohlweisen Rat der Stadt gelästert hat, verdient exemplarische Bestrafung. Der hohe Magistrat möge – natürlich auf eigene Kosten – veranlassen, daß der Bösewicht für eine halbe Stunde auf die Festung Spandau gebracht werde."

Bei seinem Urteil über die Menschen, besonders in der Masse, sprach aus Friedrich dem Großen der tiefe Pessimismus, der sein Denken beherrschte: Die Menge ist canaille. Einst meinte bei seinem Ritt durch die Stadt ein Höfling schmeichelnd, welches Hochgefühl es für einen Fürsten sein müsse, vom Volke so begeistert umjubelt zu werden. Der König winkte unwillig ab: „Setze Er einen alten Affen aufs Pferd", sagte er, „und lasse Er ihn durch die Straßen reiten, so wird das Volk ebenso zusammenlaufen."

Exklusivität

Alljährlich wurde beim alten Kaiser Wilhelm im Zeichen entgegenkommender Angleichung an das bürgerliche Element ein Subskriptionsball veranstaltet. Das war damals nach Einundsiebzig, als sich mit den Milliarden der Kriegstribution der Geldmarkt enorm veränderte und die Konjunktur der Gründerjahre weitgehend eine Bevölkerungsschicht von neureichen Besitzenden entstehen ließ, damals als sich der würdige alte Kaiser – sehr fortschrittsbewußt – jeden Sonnabend aus dem „Frankfurter Hof" eine Badewanne ins Schloß bestellte.

In leutseligem Gespräch unterhielt sich auf diesem Ball Prinz FRIEDRICH KARL mit einem dieser zu Wohlstand aufgestiegenen Berliner aus dem Schneidergewerbe, der sich sehr distinguiert gab und mit dem festlichen Auftrieb gar nicht einverstanden. ,,Das Publikum scheint mir doch recht gemischt, Königliche Hoheit", meinte er etwas indigniert.

Friedrich Karl, der berühmte Heerführer, wegen seiner liberalen Haltung ,,der rote Prinz" genannt, tat völlig unbefangen: ,,Aber bester Herr", beschwichtigte er den in seiner neuen Standesehre Irritierten, ,,es können doch hier nicht alles Schneider sein!"[14]

Zeche ohne Gastgeber

König FRIEDRICH WILHELM I. mit seiner weitsichtigen Staatsführung, den die Kennzeichnung ,,Unteroffizier auf dem Thron" sicherlich sehr unzutreffend wertet, befleißigte sich bekanntlich höchst derbdrastischer Lebensäußerung und machte sich gern einen Spaß daraus, seine bis zur Knauserigkeit ausartende Sparsamkeit auf fremde Kosten zu verwirklichen.

Als er sich beispielsweise einst bei seinem Minister Grumbkow, der als Feinschmecker bekannt war, zur Tafel eingeladen hatte, heißt es in einem Brief des Gastgebers wider Willen: ,,Seine Majestät hat gestern wie ein Wolf bei mir zu Mittag gegessen und ebenfalls zu Abend; er besoff sich und ging erst um Mitternacht nach Hause."

Vergeblich suchte damals General T. solcher Zwangsbewirtung mit dem Hinweis auszuweichen, daß er als Unverheirateter keine eigene Wirtschaft führe. Friedrich Wilhelm verwies auf das gutbeleumdete Gasthaus ,,Zum König von Portugal" und machte es damit seinem General zur hohen Ehre, ihn zur Tafel zu bitten.

Der Soldatenkönig erschien mit großem Gefolge und ließ sich das aufwendige Mahl vortrefflich schmecken. Doch nach dem Essen ließ der General den Wirt kommen und beglich seine Rechnung: ,,2 Gulden, einen für Seine Majestät, einen für mich. Die andern Gäste bezahlen ihre Zeche selber – ich habe sie nicht eingeladen."

Der König, der seinen Gastgeber hatte prellen wollen, sah sich nun selber geschlagen. Mit einem ,,Potztausend!" zeigte er sich als guter Verlierer und beglich die gesamte Zeche.

Briefverkehr der Hofkanzlei

Der Chemiker und einstige Apotheker Martin Heinrich Klaproth, jüngerer Zeitgenosse Friedrichs des Großen, war unter König FRIEDRICH WILHELM II. als Entdecker der Elemente Uran und Titan Professor an der Artillerieschule und bald darauf an der Berliner Universität sowie Mitglied der Akademie der Wissenschaften. Einst erhielt er die Einladung zur Sitzung des Königlichen Präsidiums in Potsdam, zugleich aber auch – zum selben Termin – eine Vorladung zur Kommandantur Küstrin; eingeleitet waren beide Schreiben in dem floskelhaften Kanzleistil: ,,Wir Friedrich Wilhelm, von Gottes Gnaden König von Preußen, laden Euch . . . "

Der hochbedeutende, fortschrittliche Naturwissenschaftler wußte der unwillkommenen Störung seines Arbeitsdaseins auf seine Gelehrtenweise ergebenst zu begegnen: ,,Eure Majestät", ließ er die königliche Kanzlei wissen, ,,haben mir allergnädigst befohlen, daß ich vor Allerhöchstderselben zu Potsdam erscheinen soll, aber Eure Königliche Majestät haben auch geruhet, mich zur selben Zeit nach Küstrin zu bescheiden. Da aber für die Wissenschaft der Satz feststehet, daß ein Objekt, welches von einer gleichstarken Kraft in demselben Zeitpunkte nach zwei entgegengesetzten Richtungen angezogen wird, im Ruhestande verbleibt, so bin ich im Stande der Ruhe in meiner hiesigen Wohnung verblieben."[31]

Ohne Gemütlichkeit

König FRIEDRICH WILHELM III. zeigte sich wenig angetan von dem modernen Tempo des Fortschritts, das mit der Eröffnung der Eisenbahn einsetzte. ,,Alles soll Carrière gehen", klagte er, ,,die Ruhe und die Gemütlichkeit aber leidet darunter. Kann mir keine große Seligkeit davon versprechen, ein paar Stunden früher von Berlin in Potsdam zu sein."

Der Gemahl der Königin Luise war bekanntlich – vielleicht aus Schüchternheit – äußerst zurückhaltend und hatte sich eine eigenwillig abgehackte Sprechweise angewöhnt. Als er einst im Tiergarten seinen üblichen Morgengang absolvierte, begegnete ihm ein junger Mensch, der – erst seit kurzem in der Hauptstadt – keinen Anlaß sah, von dem fremden Spaziergänger Notiz zu nehmen. Etwas betroffen fuhr ihn der König in seiner seltsamen Diktion an: „Wer sein?" – „Student sein!" ging der andere auf den ungewöhnlichen Ton ein.

„Esel sein", gab der Monarch unwillig zurück.

Doch der so gescholtene Fremde blieb die Antwort nicht schuldig: „Selber sein", versetzte er gleichmütig und ging weiter. Der König mußte die Auseinandersetzung als beendet ansehen und fand, etwas unbefriedigt, keine andere Möglichkeit, als ebenfalls den Weg fortzusetzen.

Enttäuschender Berlin-Besuch

Mit dem Weimarischen Großherzog verbanden den Preußenhof seit je vielerlei Beziehungen, so daß man natürlich auch manchen Besuch austauschte. „Einst war Seine Majestät FRIEDRICH WILHELM III. bei unserer Herrschaft zu Gast", so berichtet der Dichter Karl von Holtei aus seiner Weimarer Schauspielerzeit. Neugierig drängten sich die Einheimischen, aus der Umgebung hatte sich eine Menge Volks eingefunden, das Schloß war dicht umlagert.

Holtei hatte auf dem Schloß zu tun gehabt. „Auf dem Heimweg", so fährt er in seinem Bericht fort, „begegnete ich einem alten thüringischen Leineweber, welcher früher, wo ich eine kleine ländliche Besitzung gehabt, dort mein Nachbar gewesen war. ‚Nun, mein Alter', sprach ich ihn an, ‚Ihr seid denn auch hereingekommen, den König zu sehen?' – ‚Ja, Herr Geheemrat', antwortete der Weber, ‚aber das iss ja nischt! Ich dachte, 's sollte der alte Fritze sein.'"

Demonstrierter Selbstzweck

Als „Romantiker auf dem Thron", den schönen Künsten gemütsbetont zugeneigt, aller Härte unbedingter Entscheidungen ausweichend, besaß FRIEDRICH WILHELM IV. für jene brisante Vormärzzeit nicht die entschlossene Kraft einer Herrschernatur, den hochgespannten Erwartungen des Volkes zu entsprechen.

Für die Bedürfnisse des Heeres zeigte er nur geringes Verständnis und überließ seinem Bruder Prinz Wilhelm dort maßgebenden Einfluß. Trotzdem war er nicht ohne klaren Blick fürs Praktische. Er wandte sich mit Nachdruck gegen militärischen Gamaschendienst als Selbstzweck und gegen das Bestreben, nach russischem Vorbild die Paradierübungen vorrangig zu betreiben.

Schon als Kronprinz hatte Friedrich Wilhelm diesen Mangel einst bei einer Parade des Ersten Garde-Regiments zu Fuß, des „ersten Regiments der Christenheit", sehr drastisch aufgezeigt.

Dort standen die Grenadiere bei der Besichtigung im Lustgarten zu Potsdam wie die Bildsäulen, waren aber in ihrer engen Uniform, besonders in den prallsitzenden weißleinenen Hosen nicht in der Lage, andere als die gestelzten Bewegungen der Vorführübungen zu machen. Einige Offiziere meinten, dem Kronprinzen die tadellose Haltung der Gardisten besonders rühmen zu müssen.

Da ließ er einen Friedrichsdor unmittelbar vor dem Flügelmann auf die Erde fallen und befahl ihm kurz, das Geldstück aufzuheben. „Es gehört ihm!" fügte er hinzu.

Der Mann war außerstande, sich zu bücken. Doch im Angesicht des so nahen Preises ging er dann entschlossen in die Kniebeuge – mit dem Erfolg, daß ihm die leinene Hose an den Kniescheiben und den rückwärtigen Partien auseinanderkrachte. „Das sind nun meines Vaters Soldaten!" kennzeichnete der Kronprinz ungerührt die peinliche Situation.

Wegen Verächtlichmachung königlicher Anordnungen erhielt Fritz damals mehrere Tage Stubenarrest.

Anfang ist schwer

„Wir haben in WILLY FRITSCH einen der wenigen Schauspieler gesehen, die innerhalb des Films Aussicht haben, in die große Klasse zu rücken", so die Kritik hellseherisch – es war kurz nach dem Ersten Weltkrieg – über den jugendlichen Liebhaber, der bald darauf, besonders als der Film sprechen lernte, als Publikumsliebling ungezählte Herzen junger und alter Kinobesucher zu begeistertem Schwärmen hingerissen hat, unvergeßlich im Traumpaar mit seiner zarten Partnerin Lilian Harvey, so in dem Großfilm „Der Kongreß tanzt" mit dem Evergreen „Das gibt's nur einmal".

Vor dieser Lebensaufgabe, die echten Mimen damals nur für geldlich beengte Schauspieler angemessen schien, hatte Fritsch auf der Bühne debutiert, anfangs noch nicht voll sattelfest.

Damals hatte er einst die Ehre, im „Don Carlos" gemeinsam mit Größen wie Moissi und Werner Kraus zu spielen, er sollte, auf die Bühne stürzend, Ungeheuerliches ankündigen: „Rebellion! Wo ist der König? Ganz Madrid in Waffen!"

Der junge Debütant bebte vor Lampenfieber, als er als Offizier der Leibwache textgemäß aus den Kulissen flitzte: „Wütender Palast umringt den Pöbel!" rief er voller Emphase, und als der verwundet am Boden liegende Marquis Posa, von dem großen Moissi verkörpert, sich daraufhin vor Lachen schüttelte, überschrie der Schauspielnovize, sich Mut machend, seine Verwirrtheit mit einem weiteren eigengeschmiedeten Text: „Prinz Carlos steht vor dem Eingang!"

Geistesgegenwärtig ging unter Szenenapplaus der Vorhang herunter.[15]

Tatsächlich un-, im Effekt zutreffend

„Wir möchten alle fröhlich sein", so konnte man kurz vor dem Zweiten Weltkrieg unverdächtig hören, halb hinter vorgehaltener Hand, in vertrauter Umgebung auch wohl mit verständnisinnigem Schmunzeln – doch in solchem Fall auch mit anderer Rechtschreibung gedacht, mit großem F nämlich: Sie betraf dann den Gleichklang mit dem Namen des allseits beliebten

Filmschauspielers GUSTAV – in zärtlicher Lautform berlinerisch Justav – FRÖHLICH, der, so pfiffen es die Spatzen von den Dächern, Goebbels geohrfeigt hatte. Wer also die beziehungsreiche Anspielung weitergab, betonte damit unverhohlen seine Bereitschaft, sich mit der Tat des populären Filmhelden zu identifizieren. Angeblich hatte Fröhlich seine Freundin Lida Baarova mit dem Reichspropagandaminister in flagranti angetroffen.

Als sich nach dem Zusammenbruch neuer Auftrieb im deutschen Film regte, suchte Arthur – „Atze" – Brauner, der ungewöhnlich initiativereiche Produzent der Nachkriegszeit, Gustav Fröhlich für seine Filmpläne zu gewinnen. Er holte ihn in München ab und kutschierte ihn – in dem fürchterlichen Hungerwinter 45/46, in einem uralt klapprigen Fiat, bei beißender Kälte – nach Berlin. Am Grenzübergang zum Sowjetsektor erwies es sich, daß Fröhlich seinen Personalausweis vergessen hatte, von dem vorgeschriebenen Interzonenpaß schon gar nicht zu reden. Auf der Westseite waren die Beamten nachsichtig und ließen sich Autogramme geben. Als am russischen Schlagbaum der Propusk gefordert wurde, nahm Brauner – „Wozu spreche ich Russisch?" – den Kontrolloffizier, sehr geheimnisvoll tuend, beiseite: „Wissen Sie, wer der Mann da im Auto ist? Es ist der weltberühmte Schauspieler Gustav Fröhlich, der Mann, der Goebbels geohrfeigt hat."

Bei den Besatzungstruppen hatte sich die delikate Goebbels-Episode ebenfalls herumgesprochen. Der Grenzoffizier starrte Fröhlich an und ohrfeigte sich selber pantomimisch: „Du Goebbels peng-peng?" Er grinste: „Charascho, charascho. Du prima." Anerkennend klopfte er dem Filmschauspieler auf die Schulter und wandte sich an Brauner: „Er Nazi-Minister peng-peng, särr gutt. Paßport braucht er trotzdem."

In seiner Herzensnot wagte Brauner, den Kommandanten der Übergangsstelle in seiner Unterkunft 4 km entfernt – es war 3 Uhr morgens und außerdem eine selbstmörderische Frechheit – aus dem Bett zu trommeln. Als der hohe Offizier, um Gehör angefleht, von der historischen Ohrfeige vernahm, fuhr er in die Hose: „Den Mann muß ich sehen." Er zeigte sich dann überaus zugänglich, war von der Begegnung so begeistert, daß er die beiden mit Wodka bewirtete, und ließ sie passieren: „Fahr los, Brüderchen, Doswidanja." Zu Eiszapfen erstarrt, langte Brauner mit seinem Begleiter schließlich in Berlin an. Und die Pointe: Die Ohrfeigen-Geschichte mag zwar gut erfunden sein, weil sie den Zeitgeist sehr treffend widerspiegelt, aber „non è vero" –

denn sie wäre für Gustav Fröhlich gleichbedeutend mit Selbstmord gewesen. Lida Baarova hatte sich damals freiwillig von ihm getrennt.[5, 35]

Voraussetzung einer Partnerschaft

Um den Berliner Bankier FÜRSTENBERG, der – 1943 hochbetagt gestorben – einer der einflußreichsten Finanzmanager seiner Zeit war, kreisen zahlreiche Anekdoten, die das Wesen des Geldmanns kennzeichnen sollen.

Einst wurde er auf der Straße von einem Kollegen angesprochen, der durch recht zweifelhafte Geschäfte in Mißkredit geraten war. Fürstenberg, der von einer Zusammenarbeit mit dem Mann nichts wissen wollte, ließ ihn unbeachtet und ging weiter.

Unwillig rief der andere ihm zu: „Hat Ihr Gehör gelitten?"

Ganz ruhig gab der große Bankier seine Antwort: „Nein, aber Ihr Ruf!"[1]

Ritter Götz im Flugzeug

In steilem Aufstieg war HEINRICH GEORGE, eigentlich Georg Heinrich Schulz, aus seiner pommerschen Heimat über Wanderzirkus und Provinzbühne zum Staatsschauspieler und Intendanten des „Schillertheaters der Reichshauptstadt" geworden. Von der sowjetischen Militärregierung im Jahr 45 verhaftet, ist er im ehemaligen KZ Sachsenhausen ums Leben gekommen.

Über Persönlichkeit, Trinkfreudigkeit und elementaren Humor dieser Kraftnatur, über die Urwüchsigkeit dieses ungewöhnlich volkstümlichen Schauspielers kursieren zahlreiche Anekdoten. Als vitaler Charakter- und Heldendarsteller führte er in Filmrollen wie der des „Postmeisters" sowie in der Verkörperung von Goethes „Götz von Berlichingen" die Macht schöpferischer Verwandlung zu vollendeter Erfüllung. Unvergeßlich sind die Gestaltungen dieser Lieblingsrolle Georges im Heidelberger Schloßhof.

Als der Terminkalender den großen Mimen einst nach einem Gastspiel in München für den nächsten Abend bereits wieder als „Götz“ zur Aufführung nach Berlin beorderte, stellte sich kurz vor dem Start des Flugzeugs heraus, daß sein Gepäck Übergewicht hatte. Kurz entschlossen öffnete George den Koffer, packte die Ritterrüstung des Götz aus und zog sie an. So flog Götz von Berlichingen als der wohl seltsamste Fluggast über den Wolken von München nach Berlin.[16]

Unverkennbare Beziehung

Einst begann Professor Sauerbruch seine Vorlesung mit den Worten: „Wir wollen uns heute einmal mit dem Klumpfuß befassen.“

Ohrenbetäubendes Trampeln setzte bei den Studenten ein, denn jeder wußte von dem allzu augenfälligen Bemühen des Propagandaministers GOEBBELS um den großen Chirurgen.

Doch Sauerbruch winkte ab: „Meine Herren Kommilitonen, ich glaube, Sie mißverstehen mich. Ich hatte durchaus nicht die Absicht, politisch zu werden.“

Da nahm das Beifalltrampeln unwahrscheinliche Formen an.

Allgemein wußte man sich ja mit der mangelnden Wahrheitsliebe des Hexenmeisters der Propaganda abzufinden, inzwischen aber hatte jedermann untrüglich seine Unehrlichkeit erkannt: „Man kann sich leider nicht hundertprozentig darauf verlassen, daß er immer lügt.“

Im Zusammenhang dieser Wechselbeziehungen sei noch auf einen Vergleichsfall aus der dänischen Besatzungszeit gewiesen. Dort hatte der geistreiche Dichter-Pfarrer Kaj Munk, der 1944 von der deutschen SS umgebracht wurde, in seiner sonntäglichen Predigt gegen die Lüge gewettert und sich zu der Kanzeldrohung verstiegen: „Wer lügt, so sage ich euch, der verdient einen Klumpfuß!“

Als Widerstandskämpfer wurde er daraufhin denunziert und im Verhör vor der deutschen Besatzungsmacht gefragt, ob er nicht wisse, daß der deutsche Propagandaminister einen Klumpfuß habe.

„Das ist mir bekannt", versetzte der bekannte Dramatiker. „Aber ich wußte nicht, daß er lügt."[17]

Der Olympier im Dritten Reich

Zu Beginn jener tausend Jahre, bevor alle „staatsfreien Räume" unter Kontrolle und Verbot gerieten, trat ein Berliner Conférencier vor das Publikum seines politischen Kabaretts und riskierte es, eine brisante Quiz-Aufgabe zu stellen:

„Ich suche den Namen eines bedeutenden deutschen Ministers, hochintelligent und natürlich rein arisch; sein Hauptgebiet liegt auf dem Sektor kultureller Fragen. Wer nennt ihn?"

„Rosenberg", wagte einer zu sagen.

„Ich habe doch erklärt: bedeutend", wies ihn der Ansager zurück; „aber ich will Ihnen auf den Weg helfen, meine Herrschaften: Der Name beginnt mit Goe- -."

„Göring", kamen mehrere Stimmen.

„Ich habe doch gesagt: hochintelligent", gab der Ansager zurück.

„Goebbels!" riefen mehrere Stimmen.

„Ich habe doch gesagt: rein arisch", versetzte der Ansager unwillig. „Na, meine Herrschaften, kommt denn wirklich keiner darauf? Und dabei ist die Antwort doch so naheliegend: Natürlich meine ich WOLFGANG GOETHE!"[17]

Selbstsichere Bedingung

Als Verfasser erfolgreicher Gesellschaftskomödien, die ihre Wirkung glänzender Situationskomik und geistreicher Dialogführung verdankten, trat CURT GOETZ dort auch selbst gelegentlich in seinen Bühnenrollen auf. Er zeigte sich dabei wohl recht anspruchsvoll.

In seinen Anfängerjahren, damals also noch nicht so berühmt, erhielt er einst telegraphisch ein Angebot des Lessingtheaters für die Rolle des Napoleon in „Madame sans Gêne". Gehaltsangebot war 2000 Mark.

Der junge Schauspieler, der sich seines Wertes anspruchsvoll bewußt war, brauchte nicht lange zu überlegen, ehe er das Formular des bezahlten Antworttelegramms beziehungsreich ausgefertigt hatte: „Akzeptiere mit 3000 Goetz – sonst von Berlichingen."[18]

Tradition nach Dienstgrad

Der General WILHELM GROENER, der in der Weimarer Republik als Politiker nachdrücklich bestrebt war, die Kluft zwischen kaiserlicher Tradition und demokratischer Lebensauffassung zu überbrücken, hatte als Reichswehrminister Ende der 20er Jahre eine zweite Ehe geschlossen. Angeblich unter einem gewissen Muß, denn der Nachwuchs stellte sich etwas unkonventionell frühzeitig ein. In Insider-Kreisen erhielt der Voreilige den Spitznamen Nurmi.

Amtschef im Reichswehrministerium war General von Schleicher. Angeblich gab dieser die Veranlassung, daß Groeners rein private Angelegenheit zur Kenntnis des Reichspräsidenten gelangte. Der Alte Herr, in konservativer Denkweise des einstigen Kaiserreichs befangen, brauste grollend auf: „So etwas wäre in der alten Armee nicht möglich gewesen! Nicht einmal einem Feldwebel hätte das passieren dürfen!"

Als Pieck und Grotewohl noch lebten (I)

GROTEWOHL, damals Ministerpräsident der DDR, und Pieck, der Vorsitzende der Kommunistischen Partei, fuhren zusammen durch die Straßen und stellten mit Betrübnis fest, wie wenig spontaner Volksjubel ihnen entgegenscholl. Niemand erkannte die beiden nämlich. So wußte ,,dort drüben" der politische Witz – natürlich nur hinter vorgehaltener Hand – zu berichten.

,,Wenn ich nun Zigaretten unter die Menge würfe, dann würden sie mir sicherlich alle zujubeln", meinte der Präsident. ,,Wahrscheinlich", gab Pieck zu, ,,aber wenn ich Nylonstrümpfe hinauswürfe, dann würden die Frauen jubeln und mir ihre Stimme geben; und die sind ja bekanntlich in der Mehrzahl."

Der Fahrer, der ihre Unterhaltung anhören mußte, schneuzte sich ein wenig. ,,Und wenn ich die beiden aus dem Wagen schmeißen würde", knurrte er vor sich hin, ,,dann würde mir wohl das ganze Volk zujubeln!"[17]

Unabdingbar

GUSTAF GRÜNDGENS, der – so in der Verkörperung des Mephisto im ,,Faust" – als einer der bedeutendsten deutschen Schauspieler von internationalem Rang gilt, hatte bekanntlich auch als Regisseur bemerkenswerte Erfolge. Bei seinen Inszenierungen zeigte er sich darauf bedacht, daß seine Anweisungen beachtet wurden.

Als er einst in einem Lustspiel von Molière Regie führte, schwärmte einer der beteiligten Schauspieler: ,,Ich habe nun in meiner Rolle alles getan, was in meinen Kräften steht – was sich jetzt noch ergeben kann, ist nur noch Gnade."

Gründgens zeigte lebhafte Zustimmung. ,,Trotzdem, verehrter Herr Kollege, und unbeschadet des mystischen Waltens überirdischer Gnade", fügte er hinzu, ,,darf ich Sie bitten, die vereinbarten und einstudierten Gänge und Tempi, Modulationen und Pausen haargenau einzuhalten."

Boshafte Feder, ätzende Zunge

Als Verfechter der Demokratie trat MAXIMILIAN HARDEN, eig. Maximilian Felix Ernst Witkowski, als erbitterter Gegner wilhelminischen Staatslebens vor die Öffentlichkeit. In der von ihm begründeten politischen Wochenschrift „Die Zukunft" griff er Kaiser Wilhelm II. immer wieder mit unnachsichtiger Schärfe an, ein geborener Publizist, dem Wort und Schrift mit beißender, vernichtender Wirkung zu Gebote standen; besonders mit dem von ihm hervorgerufenen Eulenburg-Skandal brachte er sogar den Kaiserthron ins Wanken.

Einst berichtete man dem Schriftsteller Karl Kraus, als Herausgeber der satirisch-kritischen Wiener „Fackel" dem Berliner Zeitkritiker geistesverwandt, daß Harden an einer toxischen Infektion erkrankt sei. Kraus erkannte zielklar den Ursprung der Vergiftung: „Da muß er sich in die Zunge gebissen haben."

Nächtliche Tagesstunde

O. E. – Abkürzung für Otto Eduard – HASSE, beim Filmpublikum hochgeschätzter Schauspieler als Grandseigneur und Interpret großer Charakterrollen wie in „Canaris" und „Entscheidung vor Morgengrauen", hatte sich einen Tagesrhythmus angewöhnt, der weit bis in die Nacht hinein reichte.

Einst nahm er an einer Abendgesellschaft teil, der der rechte Schwung fehlte und die schließlich in eine gewisse Müdigkeit verfiel. Hasses Reaktion war nicht zu übersehen, denn zwischendurch gähnte er und blickte auf die Uhr.

Die Dame des Hauses verkannte etwas die Situation und meinte, dem prominenten Gast entgegenkommen zu müssen. Immerhin ging es bereits auf 2 Uhr. „Verehrter Herr Hasse", sagte sie, „natürlich wissen wir es zu schätzen, daß Sie uns heute die Ehre gegeben haben, andererseits ist uns ja Ihr vollgedrängter Tagesplan bekannt. Sie dürfen sich also keinesfalls gebunden fühlen. Soll ich lieber Ihren Wagen kommen lassen?"

Der Besucher winkte ab: „Vielen Dank, gnädige Frau, aber wenn ich jetzt nach Haus komme, wird mein Personal mich erschießen . . ." Die Hausherrin erstarrte: „Aber wieso denn?

Um Himmels willen . . .!“ – „Ja, sehen Sie, die kennen meine Tages- und Nachteinteilung, und außerdem sind sie entsprechend angewiesen: Kommt jemand vor vier Uhr früh, so kann es nur ein Einbrecher sein. . . “

Nicht vorhergesehen

In der Reichshauptstadt – ein Jahrzehnt vor dem Ersten Weltkrieg – war „Rose Bernd“ als Berliner Premiere über die Bühne gegangen. GERHART HAUPTMANN, der Schöpfer des dramatischen Werks, hatte den Erfolg genußvoll in der Theaterloge miterlebt.

Was dem Dichter mit dem klassischen Goethe-Kopf tags darauf dann als weitere Anerkennung ausgesprochen wurde, konnte ihm nur von einem Urberliner wie Max Liebermann zuteil werden. Der große Maler hat selbst von dieser Begegnung berichtet:

„Also da treff ick Hauptmann in Tiergarten. Ick sahre zu ihm: ‚Herr Hauptmann‘, sahre ick, ‚Se sinn een glicklicher Mann!‘ – ‚Wieso denn?‘ fraacht er. Un nu denkt er, ick wer sahren: ‚Weil Se so viel Talent haam‘. Aber ick sahre: ‚Weil Se so scheen sind un wie der olle Joethe aussehn tun!‘ “

Hauptmanns Ähnlichkeit im Erscheinungsbild mit Goethe, sicherlich nicht zufällig unterstrichen, war weithin gültig. Einst geriet er beim Morgenritt durch den frühlingsgrünen Grunewald auf einen Weg, der für Reiter verboten war. Ein Schupo, der gerade in dem Sperrgebiet war, stellte sich mitten in den Weg und untersagte dem Dichter das Weiterreiten.

„Wissen Sie nicht, wer ich bin?“ fragte Hauptmann herablassend. „Jawoll, weeß ick“, versetzte der Ordnungshüter, „Sie sinn der olle Joethe, aber dessentwejen missen Se doch hier wech!“[7]

Menschenfreund, sarkastisch

Zum Bild des Berlin schon vor der ersten Hälfte des vorigen Jahrhunderts gehört unübersehbar ,,DER ALTE HEIM", wegen seiner – wenn auch oft sarkastischen – Urwüchsigkeit, seiner ärztlichen Begabung und seiner Herzensgüte allgemein bekannt als der volkstümlichste Berliner Arzt. Geboren in Thüringen und als beamteter Physikus nach Spandau berufen, hatte er sich in Berlin niedergelassen, wo er bald hohes Ansehen gewann, das dem Fünfzigjährigen die ungewöhnliche Ernennung zum Geheimrat einbrachte. Er behandelte Reiche und Arme und ließ die Begüterten gute Honorare zahlen, um zum Ausgleich Bedürftige kostenfrei behandeln zu können – kein Armenarzt, sondern ein Arzt der Armen.

Gegenüber anmaßendem Auftreten konnte der selbstbewußte Menschenfreund äußerst empfindlich reagieren. So fertigte er die alte Prinzessin Amalie, die unverheiratete Schwester Friedrichs des Großen, die ihm recht von oben herab entgegentrat, unwillig ab: ,,Für den Hof habe ich nicht genug Politur, besser passe ich für gewöhnliche, gut denkende Menschen."

Einen Gardeoffizier, der ihn konsultierte, fragte er nach seinen Beschwerden. ,,Herr Geheimrat, ich habe so einen fürchterlichen Husten." Heim untersuchte ihn. ,,Ja, Herr Leutnant", sagte er darauf, ,,sehen Sie – mit dem Husten verhält es sich so: Entweder er kommt aus der Lunge, oder er kommt vom Saufen. Aus der Lunge kommt Ihr Husten nicht."

Nicht entgegenkommender war die Diagnose, die Heim einer Dame gab, die über Kopfschmerz klagte. Sie brachte zugleich die Therapie mit, die ihr als unfehlbar empfohlen sei: Sie solle nämlich, wenn das Übel sich einstelle, den Kopf mit Sauerkohl bedecken. Leider habe dieses Mittel bei ihr aber bisher nicht angeschlagen.

Darauf Heim sarkastisch: ,,Kein Wunder, gnädige Frau. Sie haben nämlich unterlassen, eine Bratwurst obendrauf zu legen."

Diagnostiker

„DER ALTE HEIM“ – Blücher nannte ihn den Feldmarschall unter den Ärzten – war wegen der Treffsicherheit seiner Diagnose berühmt. Einst hatte er einem Patienten eine besondere Diät vorgeschrieben und ihm vornehmlich den Genuß von Alkohol untersagt. Als er am folgenden Tage zum Krankenbesuch erschien und den Puls fühlte, schüttelte er unwillig den Kopf. „Sie haben trotz meines Verbotes Rotwein getrunken!“ fuhr er den Patienten an; „ich muß für Ihre Heilung jegliche Verantwortung ablehnen, wenn Sie meinen Anordnungen so wenig Folge leisten!“ Der Kranke war durch den überraschenden Scharfsinn des Arztes so verblüfft, daß er versprach, in Zukunft alle Weisungen genau zu befolgen, und wurde in der Tat auch bald gesund.

„Und wie haben Sie die Wirkung des Weines so schnell feststellen können?“ wurde Heim von einem Kollegen gefragt, dem er die Geschichte erzählte. „Nicht am Puls“, versetzte Heim trocken, „sondern am Nachthemd. Der Mann hatte nämlich gekleckert.“[19]

Überlegene Sachkenntnis

Der in Berlin lebende Komponist Carl Friedrich Zelter, der mit Goethe eng befreundet war, weiß in seinem umfangreichen Briefwechsel eine hübsche Anekdote über den „alten HEIM“ zu berichten. Dieser hatte eine Kontroverse mit seinem gleichfalls berühmten Berliner Kollegen Hufeland, der Heims Behandlungsmethode bei Wechselfieber, nämlich die Anwendung von Arsenik, für bedenklich hielt. „Was wollen Sie entgegnen, lieber Kollege, wenn Gott dereinst Rechenschaft von Ihnen fordert wegen dieses verwegenen Spiels mit dem stärksten Gift?“

„Dann werde ich“, versetzte Heim, indem er Hufeland begütigend auf die Schulter klopfte, „dem lieben Gott antworten: ‚Alter, das verstehst du nicht‘.“[19]

„Hei! Hei! Heinemann!" jubelten die Anhänger

Bei seiner Nominierung durch die SPD-Spitzengremien war dem Präsidentschaftskandidaten GUSTAV HEINEMANN, damals Justizminister, deutlich geworden, welcher Wirbel auf ihn als Inhaber des höchsten Staatsamts wartete, denn bereits damals gab es mit dem Ansturm von Gratulationen und Interviews überwältigenden, verwirrenden Tumult. „Jetzt geht's los", suchte Heinemann seine Frau zu beruhigen, „ich bin sozusagen entdeckt!" Souverän äußerte er, man werde den roten Teppich, wenn sich die Erwartungen nicht erfüllen sollten, „ebenso flott wieder einrollen".

Der Wahlvorgang selbst steigerte sich zu dramatischer Spannung, als die erste Wahl keine Entscheidung brachte – auch die zweite nicht. Doch auch als dort der zahlenmäßige Abstand zwischen den beiden Kandidaten erregend auf vier Stimmen zusammenschrumpfte, wahrte Heinemann auf seiner Ehrentribüne Gleichmut: „Da bin ich meinem Kontrahenten also wieder ein wenig nähergekommen", witzelte er.

Die Gelassenheit des Politikers, der „dazu beigetragen hat, Demokratie glaubwürdig zu machen", blieb unerschütterlich. Nach dem dritten Wahlgang, der endlich die Entscheidung brachte, erklärte er ruhig, sein innerer Kompaß habe ihm inmitten der Nervenanspannung gesagt, wie alles kommen werde: „Ich war genauso ruhig wie im letzten Krieg. Ich war damals fest überzeugt, daß ich alles heil überstehen würde. Bei Bombenangriffen auf Essen habe ich den Leuten immer wieder gesagt: ‚Stellen Sie sich mal neben mich. Hier passiert nichts!'"[20]

Unter Kollegen

Theaterleute haben die Fähigkeit, Bissigkeit unter Liebenswürdigkeit zu kaschieren. Das erlebte PAUL HENCKELS, in Charakterrollen – so als Schneider Wibbel und in zahllosen Filmen – hochangesehen, einst bei einer Aufführung des „Bridgekönig" im „Kleinen Haus des Berliner Staatstheaters", in der er einen alten Herrn mit Krückstock zu spielen hatte; er hatte sich für die Rolle einen hinkenden Gang zugelegt, der – so der dort ebenfalls agierende Heinz Rühmann – „seinesgleichen suchte und auf den er sehr stolz war".

Am Morgen vor der Premiere erschien Gustaf Gründgens, um als Intendant – wie üblich – die Generalprobe abzunehmen. Seine anschließende Kritik „war einmalig. Mit leichter Hand, enormem Gedächtnis für den ganzen Ablauf; nie verletzend, immer helfend. Jedem sagte er etwas Treffendes, nur Paul Henckels ließ er aus. Er wünschte uns dann toi, toi, toi für den Abend, winkte huldvoll allen zu und ging durch den Mittelgang ab, drehte sich aber im Parkett noch einmal um und rief Paul Henckels zu: ‚Ach, ja, Paul, noch eines, das mit dem Bein wird heute abend besser, nicht?'

Gründgens war viel zu sehr Schauspieler und Komödiant, als daß er es sich hätte verkneifen können, diesen Gag nicht bis zum Abgang aufzuheben. Dem armen Paul mußte ein Stuhl untergeschoben werden!"[6]

Gegenseitige Wertschätzung

Mit Ablauf seiner Amtsperiode zeigte sich Bundespräsident HEUSS trotz vielseitiger Anstöße und Bitten nicht bereit, den Posten über die vorgesehene Wahlperiode hinaus verlängern zu lassen. Die Beliebtheit dieses populären Ersten Bürgers der Bundesrepublik, der für die Amtsführung eines Bundespräsidenten Maßstäbe gesetzt hat, war allgemein, Heuss' Weigerung wurde ebenso allgemein mit Bedauern aufgenommen. Das kam auch in Berlin sprechend zum Ausdruck, wo die „Insulaner", betrübt über sein Ausscheiden, ihre Sendung mit dem Refrain beschlossen: „Wir haben uns so an dich gewöhnt!"

Zum Abschied erschien Heuss damals in der deutschen Hauptstadt, wo er selber genau ein Drittel Jahrhundert seines Daseins gelebt hat, und wurde auf einer Kundgebung stürmisch gefeiert. In seiner Schlußrede gab er das Versprechen, künftig auch weiterhin Berlin zu besuchen, und er schloß – diesmal nicht schwäbelnd, sondern berlinernd – seine umjubelten Ausführungen unter brausendem Beifall: „Ick hab' mir so an euch jewöhnt!"[21]

Photogen

Anfang der 20er Jahre stand die Photographie noch weitgehend in den Kinderschuhen ihrer bald darauf rasant entwickelten Technik. Das gilt besonders für die ungefügen Apparate der Berufsphotographen, die noch mit Glasplatten und Mattscheibe arbeiteten und deren Objektiv keinen Compur-Verschluß kannte. Zur Regelung der Belichtungszeit hob man einfach per Hand einen Verschlußdeckel ab.

Damals besuchte HINDENBURG, noch nicht politisch engagiert, eine Berliner Ausstellung. Als der volkstümliche Generalfeldmarschall in schlichtem Zivil, natürlich sehr seriös in schwarzem Gehpelz und mit Zylinderhut, das Gebäude verließ, warteten dort zahlreiche Pressephotographen, ihre Apparate auf dem Dreibeinstativ aufgebaut, jeweils einer wachsam unter dem schwarzen Tuch, der andere schußbereit am Ball der Linse. Nun war der Aufzunehmende im Visier, d. h. auf der Mattscheibe – Kommando: „Deckel ab!“

Disziplingewohnt lüftete der hohe Gast mit dem seltsam hölzernen Gesichtsausdruck seinen Zylinderhut.

„Als hätte eine Granate eingeschlagen“

In der wilhelminischen Glanz- und Gloria-Epoche traten Regimekritiker, z. T. verkappt wie der Fachhistoriker Ludwig Quidde, hervor, der – mit überwältigender Resonanz – eine Studie über den Cäsarenwahnsinn des despotischen Römerkaisers Caligula verfaßte und darin, unüberhörbar und scharf an der Majestätsbeleidigung vorbei, in zahllosen Anspielungen – „theatralischer Schein“, „phantastische Gedanken einer Beherrschung des Weltmeeres“, „sprach gern und viel öffentlich“, „pomphafte Rede“, „Rast- und Ruhelosigkeit“, „komödiantischer Zug“ – auf Kaiser Wilhelm zielte[22], wie der Zentrumspolitiker Windthorst, der mit dem Kanzler als schlagfertiger Redner im Reichstag die Klingen kreuzte, oder wie der radikale Demokrat Maximilian Harden, der mit seinen Enthüllungen den Skandalprozeß um Fürst Eulenburg, den Vertrauten des Kaisers, hervorrief.

Gefürchtet und berüchtigt wegen seiner treffsicheren Zwischenrufe im Reichstag, angeblich der ,,Erfinder" dieses parlamentarischen Kampfmittels, war der Altsozialist ADOLF HOFFMANN, ein Urberliner Original proletarischer Herkunft und bald nach der Jahrhundertwende Mitglied des Reichstages. Wegen seiner Bibelkenntnis, die er, radikaler Kirchengegner, immer wieder wirkungsvoll ins Feld zu führen verstand, als ,,Zehn-Gebote-Hoffmann" bekannt, wußte der SPD-Mann mit der schlagkräftigen Prägnanz seiner Zwischenrufe den Augenblick intuitiv zu packen und die gegnerische Aussage drastisch zu entkräften.

In den Jahren vor dem Ersten Weltkrieg, als auch monarchisch Gesinnte an SMs rhetorischen Husarenritten mit deren krisenhaften Auswirkungen Anstoß nehmen mußten, hatte August Bebel einst in einer Reichstagsdebatte den Reichskanzler von Bülow heftig angegriffen. Der geschmeidige Diplomat sah sich dabei so sehr in die Enge getrieben, daß er unwillig konterte: ,,Merken Sie sich gefälligst: Das große Mundwerk macht es nicht!"

Ehe der führende SPD-Politiker die Zurechtweisung schlukken konnte, fuhr der Zwischenruf seines Parteifreundes Hoffmann durch den Saal: ,,Sagen Sie das doch Ihrem Prinzipal, Herr Reichskanzler!"

Es war, als hätte eine Granate eingeschlagen. Das Sitzungsprotokoll vermerkt ,,Heiterkeit, über die sozialdemokratischen Bänke hinaus".

Anklage wegen Majestätsbeleidigung wurde nicht erhoben – eine staatsanwaltliche Beweiserhebung wäre für das kaiserliche Ansehen sicherlich nicht gut ausgelaufen.

Zu viel der Ehre

Der naturalistische Schriftsteller ARNO HOLZ, Schöpfer virtuoser Lyrik, die allein vom inneren Rhythmus bestimmt ist, stammte aus Ostpreußen und war zu einem der typischen Vertreter literarischer Boheme in dem Berlin vor dem Ersten Weltkrieg geworden.

Einst wurde er, bekannt für seinen chronischen Geldmangel, von einem der vielen Freunde im Romanischen Café gefragt, ob er ihm 20 M wechseln könne. Der Dichter blickte den Fragesteller verständnislos an, bis er die Antwort fand: „Leider nein – aber ich danke dir für die ehrende Meinung, die du von mir hast.“[1]

Demokratie in der Lebenspraxis

Zu den bedeutendsten Theaterkritikern der Weimarer Republik gehörte SIEGFRIED JACOBSOHN, der Begründer der „Schaubühne“-Zeitschrift, die später in die „Weltbühne“ übergegangen war. Natürlich tendierte der liberale Publizist keineswegs zu konservativ militaristischer Einstellung. Als einer seiner literarischen Gegner einst polemisch ins Persönliche abglitt und ein Foto ausgrub, das ihn in Uniform, wenn auch im Drillichanzug, zeigte, konterte Jacobsohn gelassen: Man sei ihm mit dieser Veröffentlichung zuvorgekommen, denn er habe das Bild selbst schon mal zu bringen beabsichtigt, und zwar zum Nachweis der Aussichtslosigkeit eines für das Kaiserreich günstigen Kriegsausgangs, wenn es auf solche Soldatentypen angewiesen sei.

Damals gab es einst einen Streik der Schauspieler, der alle Berliner Bühnen bedrängte. Jacobsohn ergriff eindeutig die Partei des Intendanten. Als er diese autoritär erscheinende Haltung zu verteidigen hatte, zielte seine Stellungnahme unmißverständlich auf die Schwierigkeit des Umgangs mit Schauspielern: „Ich brauche die Selbstverständlichkeit meiner sozialistischen und demokratischen Grundhaltung nicht zu verteidigen – aber ein Theater leiten, das kann nur ein gebildeter Despot.“

Makabres Omen

Beispielhaft für das intellektuelle Berlin in den endzwanziger Jahren war ERICH KÄSTNER, zugezogen aus Dresden, seit er dort den Redakteursessel wegen eines anstößigen Gedichtes verloren hatte. Sein „Fabian“-Roman kennzeichnet treffend die Situation, die Zerrissenheit der Weimarer Republik.

Seine satirischen Bände aus der neuen Literaturgattung „Gebrauchslyrik" machten ihn weithin berühmt. „Hier spricht einer", so die Kritik, „der repräsentativ ist für seine Generation . . . Lyrik unserer Zeit kann gar nicht anders aussehen!" Doch dem arteigenen Dichter blieben nur wenige Jahre der Entfaltung – bis 33.

Kästner galt als mephistophelischer Spötter und Weltverneiner, natürlich wurden seine Bücher im Dritten Reich verboten. Er stand als Augenzeuge des unheimlichen Spuks auf dem Opernplatz, als die Bücher der „Schwarzen Liste" auf dem Scheiterhaufen verbrannt wurden. „Ich übergebe den Flammen die Schriften von Heinrich Mann, Ernst Glaeser und Erich Kästner", so begleitete die Stimme eines der Wortführer den vandalischen Exzeß. Als aus dem Publikum eine Schauspielerin den Autor erkannte und auf ihn wies: „Dort steht ja Kästner!", verließ der verbotene und verbrannte Dichter den Schauplatz.

Bald darauf wurde er von der Gestapo verhaftet, doch handelte es sich um eine falsche Verdächtigung. „Sie können gehen", sagte der Mann der Geheimen Polizei und gab ihm den Paß zurück, die forschen jungen Leute im Büro brüllten munter „Heil Hitler!" Kästner, als Meister der Sprache hier etwas befangen, grüßte: „Auf Wiedersehen" – und erschrak sogleich über den Aberwitz seines verwirrten Grußes.

Dieser erfüllte sich in der Tat in makabrer Vorbedeutung – 1937 wurde Erich Kästner zum zweiten Mal von der Gestapo inhaftiert.[33]

Ungerechte Weltordnung

Als Mitglied der Nationalversammlung, als MdR, als Berater der Strafrechtsreform hatte WILHELM KAHL, Ordinarius für öffentliches Recht, einflußreichen Anteil an der politischen Entwicklung der Weimarer Republik. Äußerst aufgeschlossen in seinem Wesen, schätzte der Professor freimütige Aussprache im Freundeskreis, zu dem auch Senatspräsident Lobe gehörte, und zeigte sich immer bereit, auf Einwände einzugehen – mit dem Ergebnis, daß man seiner Auffassung letztlich zustimmen mußte.

Lobe hatte eben erleben müssen, daß die Darlegung seines Standpunkts wieder einmal auf Widerspruch stieß, als er, mit der Hand über die Spiegelglatze fahrend, unwillig auffuhr: „Wie ungerecht ist doch unsere Welt! Ich heiße Lobe, bin kahl und muß mich unaufhörlich verbessern lassen. Mein Parteifreund heißt Kahl, ist Rechtsverbesserer, und unaufhörlich ist man über ihn des Lobes voll!"

Magier des Taktstocks

Lange bevor er 1954 als Furtwänglers Nachfolger Chefdirigent der Berliner Philharmoniker wurde, war HERBERT VON KARAJAN, Österreicher aus Salzburg wie sein großes Vorbild Mozart, mit der Reichshauptstadt verbunden: bereits 1941 als Staatskapellmeister Opernchef und Leiter der Symphoniekonzerte der Preußischen Staatskapelle. Seit annähernd fünf Jahrzehnten macht nunmehr das „Wunder Karajan", tätig in Berlin wie in Wien und in Salzburg wie auch weltweit auf Gastspielreisen und Auslandstourneen, Schlagzeilen als extravaganter Hexenmeister am Dirigentenpult; dabei benötigt er gar kein Pult, denn der Superstar steht über der Partitur und pflegt – ein Teil seiner Ausstrahlung – auswendig mit geschlossenen Augen zu dirigieren.

Als dem Maestro bei einem Gastspiel in Japan von Presseleuten einst die Gretchenfrage gestellt wurde, ob die Berliner oder die Wiener Philharmoniker ihm lieber seien, entzog er sich der heiklen Entscheidung mit gewandtem Scherz: „Mir geht's wie einem Mohammedaner mit zwei Haremsdamen: Sein Herz ist weit genug, jede der beiden zu seiner Lieblingsfrau zu machen."

Im übrigen sah Karajan, selbst „nicht zum Gehorchen geboren", den Unterschied in der Führung der beiden Orchester gewissermaßen stammespsychologisch bedingt: „Verlange ich in Berlin von meinen Musikern, sie sollen den rechten Fuß um zehn Zentimeter vorschieben, dann geschieht es unverzüglich. Die Wiener würden nach dem Warum fragen und sich dann auf die Tradition unter Gustav Mahler berufen, in der der Fuß weiter hinten aufzustellen sei. Natürlich geht's mir nicht um den Fuß, sondern um die erforderliche Disziplin."

Für die Berliner Philharmoniker ergab sich mit dem neuen Chefdirigenten der „Anfang eines neuen Zeitalters“. Als ein Mitglied damals gefragt wurde, wann das Orchester denn unter dem neuen Leiter einsetze, sprach aus seiner Antwort eine Kennzeichnung des „Fanatikers der Präzision“ und zugleich ein vergleichender Rückblick auf die oft rätselhafte Art der Einsätze – „eine Folge von gezackten Bewegungen“ – seines Vorgängers.

„Sie werden lachen“, versetzte der Gefragte: „Beim Einsatz.“[34]

Wer kennt nicht Kerr?

ALFRED KERR, der „königliche Kritiker“ der zwanziger Jahre, hatte sich auf die „Kerrtracht“ kapriziert, die hochgeschlossene Weste mit dem altmodischen Kragen und der breiten Künstlerkrawatte. Jedermann kannte damals den eigenwilligen Bart des ebenso eigenwilligen Kunstkritikers. Damals geschah es einst, daß er auf einer Behörde zu tun hatte, doch als der Beamte ihn nach seinem Namen fragte, blickte er den Mann ganz ohne Verständnis an. „Mein Herr, in welchem Jahrhundert und in welchem Lande leben Sie? Bin ich Ihnen etwa kein Begriff?“

Einst besuchte Kerr die Uraufführung eines heute längst vergessenen Dramas, dessen Dichter offenbar völlig übersehen hatte, daß Drama „Handlung“ bedeutet. Kerrs Theaterkritik begann mit den Worten: „Die Aufführung fing um acht Uhr an. Als ich um zehn aufwachte, war die Uhr halb neun . . .“

Ob sich der einflußreiche Kritiker in seiner Position stets verantwortungsbewußt darüber klar ist, daß von seinem Urteil Lebensschicksale abhängen können?

Daß sich Kerr erheblich irren konnte, berichtet Herbert Eulenberg, dessen Drama „Münchhausen“ bissig verrissen wurde. In Hinblick auf Eulenbergs Dienststellung als Rechtsreferandar hatte Kerr den Rezensierten mit dem gebieterischen Ratschlag abgekanzelt: „Herr! Werden Sie Assessor in Potsdam!“

Eulenberg geriet in verständlichen Zorn und ließ seinem Widersacher per Postkarte einen vergleichbaren Ratschlag zugehen: „Kerr! Werden Sie Kritiker in Buxtehude!“

Als Heinz Rühmann den Sprung nach Berlin geschafft hatte,

war für ihn die Spannung riesengroß, wie sich sein Einstand anlassen würde. „In den ersten Monaten“, berichtet er, „wollte ich natürlich nach jeder Premiere möglichst rasch wissen, was der große Kerr über mich Neuling aus München zu sagen hatte. Früh um vier holte ich mir die druckfrische Zeitung. Große Freude, ich war tatsächlich erwähnt! Aber wie! ‚Heinz Rühmann (schon wieder ein Heinz).‘ Aus. Nichts weiter. Eine Anspielung auf Heinz Hilpert, der das Stück inszeniert hatte.“[6]

So pointiert durfte Alfred Kerr seine überlegene Kritik äußern.

Wiedervereinigungshoffnung des Wassersportlers

„Ich bin ein halber Berliner“, bekennt der Schwabe KURT GEORG KIESINGER, der „mit seinem eigenen Selbstbewußtsein, dafür zeugte der große Ententeich-Schlapphut und darunter die lange Jünglingsmähne“ in die Reichshauptstadt gekommen war. Den Studenten aus dem württembergischen Ebingen faszinierten die goldenen Zwanziger. „Berlin war in diesen Tagen wohl die größte Lasterhöhle“, urteilt er. „Wir jungen Leute lachten und amüsierten uns einfach über die schauerlichsten Dinge.“

Als eifriger Wassersportler kannte Kiesinger bald sämtliche Paddelwege auf den Seen rings um die Spreemetropole, wo Dutzende von verschwiegenen Waldseen der Umgebung, wo die Flußufer der Havel und der oberen Spree und ihrer Nebenflüsse Ausflugsziele bieten. Mit seiner Braut Marie-Louise, die – „eine fanatische Berlinerin“ – ihm ein studentischer Faschingsball bescherte, hatte er eine Segelfreundschaft mit Professor Einstein angeknüpft – solche Erlebnisse waren so tiefgreifend, daß Kiesinger, der – wohnhaft in der Bleibtreustraße – immerhin sechzehn Jahre lang Rechtsanwalt am Kammergericht gewesen war, als Bundeskanzler 1967 bei einem offiziellen Berlin-Besuch den Wunsch äußerte: „Ich möchte eines Tages wieder mit dem Boot auf den Seen des ganzen Berlin paddeln – und wenn es erst mit einem Rauschebart wäre!“[9]

Wer hat denn den Käse . . .

„Es war in Schöneberg im Monat Mai, / ein kleines Mägdelein war auch dabei“ – das ist echtes Berlin um die Jahrhundertwende, mit den Weißbierkneipen, mit Tanz in den Gartenlokalen, mit dem Gassenhauer der Drehorgeln, mit der Landpartie in die Hasenheide oder in die Krumme Lanke. Schöpfer dieses volkstümlichen Schlagers – damals noch Chanson genannt – war WALTER KOLLO, unter dem Namen Kollodzieski aus Ostpreußen eingewandert. Er war einer der volkstümlichsten Komponisten der Berliner Unterhaltungsmusik jener Zeit. Sein Texter, mit ihm unzertrennlich, war Hermann Frey. Die beiden haben, so eine Rezension, dem echten Berliner ins Herz gesehen, und was sie dabei erlebten, legte Walter Kollo in seine Musik und Hermann Frey in seine Verse.

Seltsam die geistige Inspiration, die solche Schlager entstehen läßt. Da war der Inhaber des „Linden-Gartens“, in dem Zille, damals noch jung, gern mal ein Glas Bier trank. Der Gastwirt war nebenbei ein Tüftler, und zwar mit Erfolg. Er erfand eine neuartige Schuhcreme, deren Verbreitung nicht zuletzt auf Zilles zugkräftigem Dosenbild beruhte, einer Kaiser-Willem-Darstellung mit dem blanken „Es-ist-erreicht“-Schnurrbart.

Erfinder Päkelmann produzierte später einen schmackhaften Brotaufstrich, aus Käse und Schinken hergestellt, mit dem er ebenfalls großen Erfolg hatte. Ein Riesenkäserad von über zwei Metern Durchmesser, das er aus der Schweiz kommen ließ, erwies sich für den Antransport als zu ungefüge, und so rollten die Speditionsarbeiter es vom Schlesischen Güterbahnhof per Hand durch die Straßen zum Bestimmungsort, dem „Linden-Garten“ in der Köpenicker Straße. Zille und Frey erlebten das spektakuläre Eintreffen des Monstrums. Und dann der zündende Funke bei dem Texter: Gemeinsam mit Kollo schuf er damals den Schlager: „Wer hat denn den Käse zum Bahnhof gerollt“, dessen Refrain bis in die moderne Gegenwart hineinklingt.[13]

Resümee über ein Jahrtausend

Als der österreichische Schauspieler und Regisseur FRITZ KORTNER, der vor der NS-Zeit an Berliner Bühnen brilliert hatte, im Jahr 1947 aus dem USA-Exil zurückkehrte und am Flughafen Tempelhof im Taxi Platz nahm, fragte der Fahrer in ganz alltäglichem Ton: „Wohin soll's denn jehn, Herr Kortner?"

„Nanu", fuhr der Emigrant auf, „Sie kennen mich?" – „Na klar", versetzte der Mann, „ick hab' Ihnen doch früher jedn Aamd zum Theater jefahrn." Als es dann bei der nächsten Ampel einen kleinen Halt gab, drehte sich der Fahrer um: „Wann haam Se denn eijentlich Deutschland verlassen?" – „Dreiunddreißig", gab Kortner kurz zurück, „als Hitler an die Macht kam."

Bei der nächsten Ampel kam der Chauffeur mit einer neuen Frage: „Und Se sind erst jetzt zurückgekomm'?"

„So ist es", gab Kortner, noch ganz überwältigt von dem Wiedersehen mit der Stätte seines einstigen Wirkens, einsilbig Antwort.

Inzwischen sprang das Ampellicht auf Grün, der Wagen fuhr an. Doch bei der nächsten Gelegenheit brach der Berliner noch einmal das Schweigen: „Wat ick man so saaren wollte, Herr Kortner: Wissen Se, da haam Se eijentlich nich ville versäumt."

Parteikonform

Die Gleichschaltung, die der NS-Machtübernahme sehr konsequent folgte, ließ sich verständlicherweise nicht in sämtlichen Lebensbereichen verwirklichen und zwang die Machthaber zu mancherlei Konzessionen. So beispielsweise in der Musik, wo mangelndes Können nicht durch Linientreue auszugleichen ist.

Das machte der Operetten- und Schlagerkomponist PETER KREUDER deutlich, der als Staatsmusikdirektor ein Orchester leitete und ständig Reibereien mit dessen Vorstand, einem zackigen PG, hatte. Als er dem Besserwisser schließlich vorhielt, mit dem Parteibuch allein könne man leider keine gute Musik machen, erklärte der Mann mit spitzem Ton, der wie KZ-Androhung klang: „Das werde ich mir merken."

Doch Kreuder gab ihm ungerührt zurück: „Dann haben Sie schon viel gelernt."

Bedauernswertes Beamtendasein

Obwohl die Kunst der Photographie damals längst erfunden war, lebt Bismarcks Antlitz im Herzen seines Volkes, wie LENBACH es gesehen und dargestellt hat.

Als der Reichskanzler im Jahre 1873 auf der Wiener Weltausstellung vor seinem Gemälde aus der Hand Lenbachs stand, äußerte er befriedigt: ,,Wenn meine Gestalt der Nachwelt erhalten bleiben soll, so möchte ich wohl, daß es in der von Lenbach dargestellten Art geschieht.“ Lenbachs Bismarck-Gemälde haben der Mitwelt wie der Nachwelt offenbart, welche gebieterische Sprache die Augen des großen Kanzlers reden konnten.

Der Maler hat damals lange Zeit im Hause Bismarck verkehrt und benutzte jede Gelegenheit, den Fürsten zu beobachten und seinen Ausdruck zu studieren. Besonders gern plauderte Lenbach mit der Fürstin, die für seine Bilder großes Interesse aufwies und ihn gern in ihrem Hause sah.

Bei dem ,,behaglichen Verhältnis“, das sich bald zwischen beiden herstellte, faßte Frau Johanna schnell Zutrauen zu dem Maler, hörte gern seine freimütig geäußerte Meinung und ließ ihn auch wohl an ihren kleinen Sorgen teilnehmen. ,,Da habe ich nun meinen Mann geheiratet“, klagte sie ihm eines Tages, als ihr ,,Otto“ wieder einmal unabkömmlich war, ,,und jetzt habe ich nichts von ihm, Tag und Nacht arbeitet er auf seiner Kanzlei. Da habe ich zwei Söhne, an denen ich mich zu erfreuen gedachte, und die sind nun auch Tag und Nacht ins Geschirr gespannt.“

,,Ja, Durchlaucht“, lächelte der Maler, ,,warum haben Sie auch in eine solche Beamtenfamilie hineingeheiratet!“[3]

Urberliner Künstlertyp

Wie Adolph Menzel verkörperte MAX LIEBERMANN, wenn auch in ganz anderer Beziehung, in seinem Wesensausdruck echtes, urtümliches Berlin. Abhold jeglicher übersteigerten Phrasendrescherei der Kunstideologen, bekundete er – reichlich drastisch – seine urberlinerische Art, als er einst einen ziemlich überschwenglichen Enthusiasten auf die Frage nach der

Zielsetzung seines Kunstschaffens brüsk abwies: „Wat ick will mit meine Kunst? Vakoofen natürlich!"

Als einer der bedeutendsten Vertreter des deutschen Impressionismus hat Liebermann in Wirklichkeit in Ansprachen und programmatischen Schriften durchaus über das Wesen der bildenden Kunst und ihre Gesetze aussagekräftig theoretisiert.

Überhaupt führte sein Sarkasmus ihn in einer Art Abwehrhaltung dazu, seine Pointen zu überspitzen. Als er, von einer Italienreise zurückgekehrt, nach seinen Eindrücken gefragt wurde, erklärte er bissig: „Denken Se mal, det is jar nich so kitschich, wie die Leute immer tun." Und als er, einst selber einer der radikalen Revolutionäre, in gereiftem Alter als Präsident der Berliner Sezession über Ausstellungsbilder von Nolde und Pechstein zu jurieren hatte, warf er nur einen kurzen Blick auf die Farbenfülle: „Nehm' Se det Zeuch man bloß wech", erklärte er unwillig, „sonst jefällt's mir noch!"

Der Nationalsozialismus war ihm in tiefster Seele zuwider. Als am Tag der Machtergreifung die SA-Marschkolonnen im Triumph durch das Brandenburger Tor zogen, äußerte der 84jährige – zu seinem Glück nicht zur Kenntnis der Gestapo gelangt – von seinem Palais am Pariser Platz voller Ingrimm: „Ick kann jarnich so ville fressen, als wie ick kotzen möchte."

Politischer Widerspruch?

Auf dem Gebiet der leichten Muse hatte der Nationalsozialismus nach der Machtübernahme eine Fülle von rassisch und politisch nicht erwünschten Komponisten auszuschalten. Unentbehrlich für diesen Musikbereich war PAUL LINCKE, der mit seinen zugkräftigen Werken wie „Frau Luna" zum Schöpfer der Berliner Operette wurde. Als der beliebte Musiker damals mit besonderem Aufwand geehrt wurde, konnte Peter Kreuder, der das Orchester leitete, den Kollegen in launiger Ansprache parteikonform herausstellen: „Unser Glühwürmchen-Sänger ist der einzige Lincke, den das Dritte Reich übernommen hat."

Ein Paar, zuständig für Vermehrung

PAUL LÖBE, als Politiker der alten SPD-Garde bereits Mitglied der Weimarer Nationalversammlung sowie bis 33 MdR und dort von 1920 bis 32 Reichstagspräsident, gehörte im abgetrennten Berlin dem Parlamentarischen Rat und dem Bundestag an, bis er Präsident des Kuratoriums Unteilbares Deutschland wurde. Nur mit Bedenken hatte sich der überzeugte Demokrat bestimmen lassen, das Großkreuz des Bundesverdienstkreuzes anzunehmen, das ihm als erstem Parlamentarier verliehen wurde. „Wenn man alt wird“, seufzte der Endsiebziger, „bleibt einem nichts erspart.“

SPD-Angehörige noch aus der Weimarer Zeit war auch Louise Schröder, Berlins geschäftsführende Oberbürgermeisterin und MdB. Als zu Beginn der 50er Jahre die Gültigkeit zahlreicher Bundesgesetze auch auf Westberlin ausgedehnt und deshalb auch die Abgeordnetenzahl erhöht wurde, ging das „Gesetz über die Vermehrung der Berliner Abgeordneten“ den einzelnen Fraktionen im Entwurf zu, die Adresse lautete: „Herrn Paul Löbe und Frau Louise Schröder zuständigkeitshalber.“[23]

Durch Politik nicht verdorben

Zu den bedeutendsten Politikern der Weimarer Republik – Minister, Reichskanzler und Reichsbankpräsident, in der NS-Zeit noch Botschafter in den USA – gehörte HANS LUTHER, eine überragende Persönlichkeit, in der Inflationszeit hochverdient bei der Stabilisierung der Währung sowie an den Locarno-Verträgen.

Als einst in kleiner Gesprächsrunde die Rede auf historische und geographische Probleme kam, gab es vielfach Bewunderung über Luthers übergreifende und detaillierte Kenntnisse.

Er gab für solche Feststellungen mit lächelnder Bescheidenheit selber die Erklärung: „Ehe ich Reichskanzler wurde, war ich ein leidlich gebildeter Mensch.“[7]

An der falschen Tür

Ans Tor des kommunistischen Paradieses – wenn es so etwas gibt – klopfte einst ein uralter Mann mit langem Bart. „Laßt mich hinein", bat er; „ich heiße . . ."

Der kommunistische Petrus unterbrach ihn unwillig: „Namen interessieren uns erst an letzter Stelle; Protektion kennt man nicht im kommunistischen Paradies. Gehörst du zur proletarischen Bevölkerung? Was bist du von Beruf?" – „Ich habe Bücher geschrieben, Zeitungsartikel, bin viel gereist . . ."

„Typisch bürgerliche Denk- und Lebensweise . . ." Der Türhüter blickte weiter unwillig: „Beruf des Vaters?" – „Industrieller."

„Herkunft der Mutter?" – „Tochter eines begüterten Kaufmanns."

„Herkunft der Ehefrau?" – „Aus adliger Familie."

„Und so einer will in den kommunistischen Himmel!" brauste der Türhüter auf. „Wie heißt du denn überhaupt?"

„KARL MARX", erwiderte der Alte bescheiden.[17]

Kleine Gehässigkeiten – abgewehrt

Eine Leuchte im Berliner Theaterleben vor dem Ersten Weltkrieg war ADALBERT MATKOWSKY, der in klassischen und romantischen Rollen überwältigenden Beifall fand. Im Lernen seiner Texte zeigte sich der beliebte Bühnenspieler allerdings schwach und deshalb höchst souffleurabhängig. Natürlich las er Briefe, die er vorzutragen hatte, immer vom Blatt ab.

Nun wollte ihm einst der mißgünstige Partner einen Streich spielen und überreichte ihm statt des vorbereiteten Briefes ein leeres Blatt Papier. Matkowsky brach den Umschlag auf und – blickte auf den weißen Bogen. Doch als versierter Bühnenroutinier war er nicht zu erschüttern. Mit hoheitsvoller Miene reichte er das Blatt zurück: „Lies du das vor, mein Sohn!" gebot er dem Böswilligen und lehnte sich abwartend zurück. Nur mühsam rettete sich der „betrogene Betrüger" am Aufplatzen der Szene vorbei.

Riesenschädel auf einem Zwergenrumpf

Das volkstümliche Fridericus-Bild, in dem Preußens größter König fortlebt, ist weitgehend durch die Darstellungen ADOLPH MENZELs geprägt, auf die wiederum die schauspielerische Gestaltung Otto Gebührs in seinen Filmen zurückgeht. Demgegenüber betont die Thematik des Menzel-Gemäldes „Das Eisenwalzwerk", für jene Zeit höchst ungewöhnlich, seine soziale Einstellung zu der Welt des Arbeitslebens.

Zahlreiche Anekdoten kennzeichnen die skurrile Eigenwilligkeit des Künstlers mit dem Riesenschädel und dem abnorm kleinen Zwergenrumpf, so seine stets unverblümte Abneigung gegen öffentliche Ehrungen und allerhöchste Gunst.

Als der Protokollchef bei Menzels Teilnahme an der königlichen Hoftafel einst erschrocken feststellte, daß Herr „von" Menzel seinen Schwarzen Adlerorden nicht angelegt hatte, gab „die kleine Exzellenz" in schlichter Unbekümmertheit zu, ihn vergessen zu haben: „Schad't aber ja nischt, ick bekleckere mir det Band doch nur beim Essen." Und als er als Ritter dieses Ordens im vollen Ornat photographiert werden sollte, stellte er demonstrativ auf den Stuhl neben sich seinen Zylinderhut: Um deutlich zu machen, daß er – gegenüber den gekrönten Häuptern, Fürsten und hohen Militärs – ein freier Bürger sei.

Als Menzel, Kanzler des Ordens Pour le mérite, von dem zum Vizekanzler ernannten Physiker Helmholtz gefragt wurde, welche Obliegenheiten ihm nun aus der hohen Stellung erwüchsen, lautete die Antwort prägnant: „Abwarten, bis ick dot bin, und dann sind Se Kanzler!"[24]

Höchst relativ

In der „schimmernden Wehr" des Kaiserreichs nach Einundsiebzig war Generalfeldmarschall VON MOLTKE zur legendären Gestalt emporstilisiert worden. Dem „großen Schweiger", den die Pflicht weiterhin an die Reichshauptstadt band, war alle Publicity zuwider, doch konnte er sich den öffentlichen Huldigungen nicht entziehen: Wo er sich zeigte, begrüßte die Menge den genialen Sieger von Königgrätz und Sedan mit Hurra-Rufen; mit steinernem Gesichtsausdruck, wie unbeteiligt, legte er dann die Hand an den Mützenrand.

Wie alle Großen wertete Moltke die allgemeine Begeisterung mit sehr viel Einschränkung. „Hätte ich nur eine einzige Schlacht verloren“, äußerte er in seiner Abgeklärtheit einst zu seinem Adjutanten Oberst von Burt, der zugleich sein Neffe war, „so würden die Leute jetzt sagen: ‚Da geht der alte Esel!‘“[26]

Weltmännisch überbrückter Irrtum

Aus seiner Dienstzeit bei den Garde-Ulanen berichtet der ostelbische Großagrarier von OLDENBURG-JANUSCHAU, bis zur NS-Machtergreifung mehr als zwei Jahrzehnte lang Mitglied des preußischen Abgeordnetenhauses und des Reichstages, von seiner Begegnung mit dem Kanzler: „Auf eine ganz wunderbare Weise sollte ich Bismarck vor die Augen treten. Zusammen mit einigen Kameraden war ich zum Ball beim Hausminister eingeladen. Unsere Droschke verfuhr sich aber, so daß wir – ohne es zu merken – mit einem Male im Palais des Reichskanzlers standen. Wir gaben unsere Mäntel an der Garderobe ab und entdeckten erst beim Hineingehen in den Saal, daß wir versehentlich in einen Bierabend Bismarcks geraten waren.

Sofort drehten wir um und wollten wieder hinausgehen, als die mächtige Gestalt des Reichskanzlers im Türrahmen vor uns stand. Er fragte uns: ‚Nun, meine Herren, was verschafft mir die Ehre?!‘ Einer von uns faßte sich und erklärte Bismarck, daß wir nur durch ein Versehen in sein Palais gekommen wären. Darauf winkte Bismarck einen Diener mit einem Tablett voll Sektgläser heran und sagte: ‚Meine Herren, bitte bedienen Sie sich.‘ Er nahm selber auch ein Glas und leerte es auf einen Zug mit den Worten: ‚Ihr Wohl, meine Herren!‘ Noch etwas verdutzt taten wir ihm Bescheid. Nach diesem freundlichen Empfang bemerkte er lächelnd zu uns: ‚Und nun, meine Herren, will ich Sie Ihren Damen nicht länger entziehen.‘ Damit waren wir entlassen und eilten zum Ball des Hausministers.“[3]

Als Pieck und Grotewohl noch lebten (II)

In einem der zahlreichen Zuchthäuser der „DDR" wird beim Morgenappell angekündigt, daß am folgenden Tage der Parteivorsitzende WILHELM PIECK kommen werde.

„Das habe ich schon immer gewußt", flüstert einer der Insassen seinem Nebenmann mit düsterer Stimme zu, „daß es mit dem auf die Dauer nicht gutgehen kann und daß es mal ein böses Ende nehmen muß!"[17]

Situationswandel

Der Bildhauer CHRISTIAN RAUCH, der in der ersten Hälfte des vorigen Jahrhunderts als der bedeutendste Künstler des deutschen Klassizismus nach Schadow tätig war, Schöpfer weltberühmter Bildwerke, darunter das Denkmal Friedrichs des Großen und das Grabmal der Königin Luise, hatte einen ungewöhnlichen Lebensweg hinter sich: Zwanzigjährig war er als Kammerdiener in den Dienst König Friedrich Wilhelms III. eingetreten, dort am Berliner Hof vom Königspaar entdeckt und in seiner künstlerischen Ausbildung gefördert worden.

In seiner Glanzzeit fuhr Rauch einst mit einem ausländischen Fürsten zur königlichen Tafel. Dem fürstlichen Besucher, der den Künstler verehrte, fiel dessen gute Kenntnis des Weges auf, den sie fuhren. „Wie sollte ich wohl nicht", lächelte Rauch auf eine solche Andeutung des andern. „Durchlaucht entsinnen sich sicherlich nicht mehr, daß wir diesen Weg zum Schloß bereits einmal gemeinsam zurückgelegt haben?" – „In der Tat, dessen entsinne ich mich nicht mehr", versetzte der Berlin-Besucher erstaunt. „Das erscheint auch nicht weiter verwunderlich", fuhr Rauch fort, „es liegt bereits mehr als dreißig Jahre zurück, und außerdem saßen damals Durchlaucht allein im Wagen." – „Nun, und Sie?"

Rauch lächelte: „Ich? Ich stand hinten drauf!"

Heraushebung

Mit seinem aufsehenerregenden Aufführungsstil hat MAX REINHARDT, Direktor des Deutschen Theaters, das Berliner Bühnenleben der 20er Jahre ganz entscheidend geprägt. Als Theaterleiter konnte er sich bei Verhandlungen mit den Schauspielern oft recht sarkastisch zeigen.

Eines Tages erschien ein Mime und beklagte sich bei ihm, stets unterwertig eingesetzt zu werden: „Ich erhalte ständig nur zweitrangige Rollen."

Ein Theaterdirektor ist ohne gewisse Ausdrucksformen autoritären Auftretens nicht denkbar. Immerhin trägt er mit seiner Entscheidung eine weitreichende Verantwortung. In diesem Fall hatte sich Reinhardt längst sein Urteil über die Leistungsfähigkeit des unzufriedenen Kollegen gebildet. „Ihnen kann geholfen werden", erklärte der Bühnengewaltige trotzdem freundlich zustimmend: „Von jetzt ab spielen Sie nur noch erste Bürger, erste Soldaten, erste Totengräber."

Eulenspiegel oder Aufnahmebedingungen

Als geborener Österreicher konnte MAX REINHARDT auch in Berlin eine gewisse Vorliebe für seine Landsleute nicht unterdrücken, nicht selten zum Ärger der Einheimischen, besonders natürlich, wenn er bei der Stellenbesetzung solche Herkunft mitsprechen ließ.

In Reinhardts Abwesenheit erschien in der Theaterkanzlei einst eine Schauspielerin, die sich um ein Engagement bemühte. Einer der – übrigens mit Reinhardts Personalpolitik nicht einverstandenen – Dramaturgen, der ihn vertrat, nahm das Bewerbungsgesuch entgegen und kam plötzlich auf die sarkastische Idee, den Mephistopheles zu spielen. „Soso", sagte er, „Sie möchten hier eingestellt werden. Erfüllen Sie denn überhaupt die Voraussetzungen? Sind Sie Österreicherin?" Die Dame verneinte.

„Sprechen Sie Wiener Mundart", ging die Befragung weiter, „oder zumindest Deutsch mit serbokroatischer Färbung?" Die Bewerberin verneinte mit wachsendem Erstaunen. „Hat man

Sie beim Wiener Burgtheater bereits einmal wegen Talentlosigkeit entlassen?" – „Nein!" rief die Dame außer sich.

„Ja, aber liebes Fräulein", versetzte der fragestellende Dramaturg, ganz Verständnislosigkeit spielend, „was wollen Sie dann ausgerechnet hier am Deutschen Theater in Berlin?"[7]

Gegen Fachurteil und Expertenprognose

Er war aus Osnabrück zugezogen in das tolle Nachkriegs-Berlin, noch nicht voll akklimatisiert in der Turbulenz der Reichshauptstadt und von etwas uneinheitlichem Lebensweg: Junglehrer auf dem Dorf im Hannoverschen, Organist in einer Heilanstalt, Reklamemann, Redakteur einer Werbezeitschrift. Und nun zog ihn – als einen der Zahllosen aus der Provinz, die in der Metropole ihr Glück zu machen suchten – Berlin in seinen Bann, und zwar mit langsamem Einstieg: dritter Redakteur der mondänen Zeitschrift „Sport im Bild". Sicherlich nicht überwältigend einträglich bot sich diese Tätigkeit, doch im Auftreten zeigte sich der ungewöhnlich gutaussehende Dreißiger immer schnieke, maßgeschneiderte Anzüge und – war es etwas Überkompensation? – Monokelträger. Zivilistisches Bestreben, den preußischen Gardeleutnant nachzuäffen, war damals Ende der 20er Jahre eigentlich recht spürbar ins Gegenteil verkehrt.

In seiner redaktionellen Alltagsarbeit ging es um Gesellschaftsklatsch, sportliche Ereignisse wie das Sechstagerennen, Cocktail-Parties der eleganten Welt. Niemand konnte ahnen, was ihn außer diesem Zeitungsjob ausfüllte. Schriftstellerisch war er mit einem snobistisch wirkenden Bändchen „Die Kunst, edle Schnäpse zu mixen" an die Öffentlichkeit getreten. Niemand ahnte, daß der Krieg, der ein volles Jahrzehnt zurücklag, ihn unausweichbar erfüllte, ihn innerlich nicht losließ, und daß er sich von diesem jugendvernichtenden Erlebnis freimachen, freischreiben mußte.

Es wurde ein Roman in Tagebuchform, er schrieb ihn in fliegender Hast, wie gehetzt nieder, innerhalb von drei Wochen. Und was nun weiter? Der Scherl-Verlag, bei dem er tätig war, kam für ein pazifistisches Antikriegsbuch nicht in Betrag, denn Inhaber dieses Unternehmens war der deutschnationale UFA-

Zar Hugenberg. Samuel Fischer mit seinem legendären Gespür für Modernes lehnte fachkundig ab: „Wer will heute wohl Kriegsromane lesen?" Während eines Sechstagerennens kam der junge Autor mit einem Journalisten ins Gespräch und bat ihn um fachlichen Rat. „Vom Krieg handelt Ihr Roman! Da rate ich Ihnen, das Manuskript so schnell wie möglich zu vernichten."

REMARQUE – so hieß der Autor – ist dem Rat nicht gefolgt. Eine Art Zufall fügte es dann, daß das Manuskript einem Herrn im Aufsichtsrat des Verlages Ullstein in die Hände geriet, daß dieser Herr krankheitshalber zu ausführlicher Bettlektüre Zeit hatte und den Roman dringlich empfahl, daß die Veröffentlichung – vorerst in Fortsetzungen als Test in der verlagseigenen „Vossischen Zeitung" abgedruckt – die Auflage der alten „Tante Voß" sprunghaft emporschnellen ließ, daß die Buchveröffentlichung „Im Westen nichts Neues" zum sensationellen Weltbestsellererfolg oberhalb der Zehnmillionengrenze wurde . . .

Er bezwang die Blockade

Als Regierender Bürgermeister von Berlin hat ERNST REUTER eine enorme Leistung vollbracht. Über den Irrtum einstiger Bindung an den Kommunismus Lenins und das Exil während der NS-Zeit hinaus hat er, als die Blockade über die Sektorenstadt verhängt wurde, in seinem Amt höchst verdienstvoll verstanden, den Widerstandswillen der Einwohner zu stärken und die vom Krieg so schwer angeschlagene Stadt über die schwersten und bedrohlichsten Belastungen hinwegzuretten. Solche Entschlossenheit war auch gegenüber den Alliierten erforderlich, bei denen die Isolierung der geteilten Stadt einen Schock auslöste.

Aber Reuter, echter Patriot und Vorkämpfer für Freiheit und Wiedervereinigung Deutschlands, wußte die Besorgtheit, die Engländer, Franzosen und Amerikaner zeigten, lächelnd zu überspielen. „Meine Herren", äußerte er bei einem Empfang überlegen, „seien Sie unbesorgt: Die Berliner stehen nicht nur geschlossen hinter Ihnen, sondern sie stehen auch vor Ihnen!"

Seit der Neugestaltung des Schöneberger Senatssitzungssaales steht Ernst Reuters Bronzebüste in schöner Eintracht mit Bildern von Karl Schmidt-Rottluff – von einigen Senatoren bemängelt, die Modernes dem Museum zuweisen möchten. Richard von Weizsäcker hat seine Freude an den modernen Bildern. Bei der Besichtigung der renovierten Räume hatte der Regierende Bürgermeister die traditionelle Allgegenwart seines großen Vorgängers vermißt mit dem Ausruf: „Wo ist denn der Reuter?“ Die Büste fand sich natürlich in einem Vorraum, man hatte nur vergessen, sie rechtzeitig wieder an den angestammten Platz zu stellen.[36]

Sich selbst bescheiden auf die Schippe nehmen

Im Unterhaltungsbereich vor dem Ersten Weltkrieg stand das Kabarett in Blüte und dabei im Mittelpunkt das Chanson (gespr.: Schangsong). Mit seiner Emanzipation erhob sich dieses Kabarett als volkstümliches Amüsement (bitte: -mang) dann zur Eigenironie: Es konnte sich selber parodieren, und zwar durch das moderne Couplet.

Mit Abstand der beliebteste Sänger-Star über mehr als drei Jahrzehnte war OTTO REUTTER, Spitzenklasse damaliger Unterhaltungskunst, über dessen witzige Bühneneinfälle, schlagfertige Pointen, eingängige Melodien sich Millionen Besucher köstlich amüsierten. Das war typisches Berlin der Jahrhundertwende bis 1914. „Aufgewachsen bin ich sozusagen bei den Klängen der Grammophonplatten von Otto Reutter“, bekennt eine Geistesgröße wie der Dichter Frank Wedekind.

Der umjubelte Volkshumorist der Heiterkeit und Lebensfreude, der infolge seiner Glossierungen der Militär- und Uniformübertreibungen in ständigem Krieg mit der wilhelminischen Zensur lag, wurde Avantgardist späterer kecker, frecher Darbietungen von Kleinkunstbühnen wie „Kommo(e)dchen“, „Die Stachelschweine“ und die Münchner „Elf Scharfrichter“, „Kabarett der Komiker“ oder Werner Fincks „Katakombe“, die allerdings den sprunghaften Geschmackswandel deutlich machen.

Wie vergleichsweise züchtig stellt sich dagegen – beispielsweise – in Reutters Couplet „In fünfzig Jahren ist alles vorbei" die Zeitkritik von damals noch dar, mit der er vielumjubelt im „Wintergarten" am Bahnhof Friedrichstraße, dem größten Varieté der Jahrhundertwende, den Berliner Witz repräsentierte:

„Denk stets, wenn etwas dir nicht gefällt:
Es währt nichts ewig auf dieser Welt.
Der kleinste Ärger, die größte Qual
Sind nicht von Dauer, sie enden mal.
Drum sei dein Trost, was immer es sei:
In fünfzig Jahren ist alles vorbei."

Mit welcher bescheidenen Alltagsweisheit – „Ick wundre mir über jarnischt mehr" – dünkt sich der beliebte Vortragskünstler problematischen Widrigkeiten des Daseins, der Tücke des Objekts philosophisch überlegen:

„Und geht zu 'nem andern dein Mägdelein,
Dann schick ihr noch's Reisegeld hinterdrein.
Und bist du traurig, denk in der Pein:
Wie traurig wird bald der andere sein.
Dem macht sie's wie dir – die bleibt nicht treu –
Und in fünfzig Jahren ist alles vorbei."

Reutter beherrschte sein Bühnenhandwerk. „Ich hatte früher mal den Größenwahn", kennzeichnet er seine künstlerische Entwicklung, „bis ich an ein Varieté kam, wo ein dressierter Affe mehr gefiel als ich."

Nach einer umjubelten Vorstellung im „Wintergarten" klagte ihm einst ein Kollege dieser zeitgenössischen Unterhaltungsbranche betrübt, daß er trotz aller Bemühung beim Publikum nicht gleichermaßen ankomme. „Und dabei sehe ich Ihnen doch so ähnlich."

Reutters Antwort traf den Kern seines Erfolges: „Ich bin auf die Höhe gekommen, weil ich niemandem ähnlich sehe." Das war in der Tat die Deutung seines Erfolges.[25]

Am Bodensee streng nach Vorbild

Der Film „Die Feuerzangenbowle" mit dem Schüler Pfeiffer – mit 3 f bitte! – hat heute legendären Ruhm als „Loblied auf die

Schule – aber es ist möglich, daß die Schule es nicht merkt!" So HEINZ RÜHMANN, der sich – immerhin 41jährig – anfangs geweigert hatte, einen Primaner zu spielen. Es spricht für den Lebenswillen der Berliner, daß der Film dann im Januar 1944, einen Tag nach einem Großangriff von über 1000 englischen Bombenflugzeugen, in zwei Berliner Kinos Premiere hatte. Bei einer Fernsehübertragung 1969 läßt sich aus der Einschaltquote ermitteln, daß diese Erstsendung mehr als 20 Millionen Zuschauer vor den Bildschirm zog.

Der Film ist in der Tat inzwischen zum Klassiker geworden.

Eines Tages, so Rühmann, erhielt er einen Brief aus Meersburg, in dem ihm von einem Pennälerstreich berichtet wurde. Dort hatte ein Schüler ein Schild an das Schulgitter gehängt: „Wegen Bauarbeiten bleibt die Schule heute geschlossen." Nicht nur die Schüler, auch die Lehrer kehrten morgens um, und der Direktor saß allein in der Schule – alles genau wie in der „Feuerzangenbowle". Er ließ dann durchs Radio und durch Lautsprecher in der Stadt verbreiten, daß doch Schulunterricht sei, und am Nachmittag hatte er alle glücklich in der Aula zusammen. „Man kann es euch nicht einmal übelnehmen", eröffnete er den Schülern, „schuld ist nur der Rühmann, der hat euch mit seinem dummen Film auf diese Idee gebracht!"[6]

Kongeniale Schauspielkunst

In heroisch-tragischen Rollen klassischer Dramen am Deutschen Theater bei Max Reinhardt wie auch als „komische Alte" in zahlreichen Filmen war ADELE SANDROCK, die „als Institution" – so Heinz Rühmann – „nicht übersehen werden konnte und durfte", unüberhörbar auch mit ihrem sonoren Organ, mit ihrer junonischen Gestalt prädestiniert zur Heldendarstellerin, dabei voll souveräner Eigenironie und entsprechend anekdotenträchtig. So fand sie ein Kollege einst grollend in ihrer Garderobe: „Immer, wenn ich in den Spiegel sehe, muß ich mich ärgern: Alle Falten befinden sich im Gesicht, und dabei findet sich woanders viel mehr Platz."

Als die Schauspielerin einst in Babelsberg, auf 10 Uhr bestellt, nachmittags um vier immer noch auf ihre Szene zu warten hatte, ging sie entschlossen zum Regisseur: „Junger Mann", sagte sie in ihrem dröhnenden Baß, „ich soll in diesem Film die Rolle einer Großmutter spielen. Wenn Sie mich noch lange warten lassen, werde ich dafür wohl zu alt sein!"

Im Interview wurde die berühmte Adele einst gefragt, ob sie eigentlich einmal die Duse, die geniale Tragödin, habe spielen sehen. Sie verneinte bedauernd: „Leider nein. Aber meine göttliche Kollegin hat mal eine Aufführung von mir besucht, und als ich von der Bühne zurückkam, wartete sie in meiner Garderobe auf mich." Erwartungsvolle Pause.

„Und was sagte sie?" fragte der Zeitungsmann.

„Sie sagte nichts." – „Und Sie? Was haben Sie gesagt?"

„Nichts. Vor Ergriffenheit lagen wir voreinander anbetend auf den Knien."

Höchste Auszeichnung: „Na, jut."

Bereits 24jährig wurde GOTTFRIED SCHADOW, geboren in Berlin als Sohn eines Schneiders, Hofbildhauer seiner Vaterstadt. In jener frühen Zeit schuf er seine Meisterwerke, u. a. die Quadriga mit der Viktoria auf dem Brandenburger Tor, bald darauf als Höhepunkt seines Schaffens und in wunderbar natürlichem Porträtcharakter die Marmorgruppe der Kronprinzessin Luise mit ihrer Schwester Friederike.

Der Italienaufenthalt, der Schadows künstlerische Ausbildung fördern sollte, hat ihn nicht sonderlich beeinflußt. Er verglich die Landschaft – und zwar zu ihrem Nachteil – mit der seiner märkischen Heimat und äußerte sich in seinem ernsthaft-scherzhaften Mutterwitz: „Ick bin nich so sehr for Italien, un de Böme jefallen mir nu schon jarnich. Immer diese Pinien un Pappeln! Die eenen sehen aus wie uffjeklappte Rejenschirme un de andern wie zujeklappte."

In seiner Tätigkeit als Direktor der Kunstakademie zeigte er sein Lehrtalent in origineller Methodik, wie Theodor Fontane es höchst anschaulich überliefert hat: Im großen Aktsaal schreitet er langsam von Platz zu Platz, dann und wann bleibt er stehen und blickt musternd über die Schultern der Zeichnenden. „Det is jut", sagt er dem einen und klopft ihm als Zoll der Anerkennung mit seiner mächtigen Hand auf den Kopf, oder tadelnd sagt er einem andern: „Det is nischt." Ein dritter müht sich eben, den Umriß einer menschlichen Figur auf dem Papier festzuhalten; aber die Linien sind nicht sicher gezogen, und die Verhältnisse sind falsch. Der Alte heißt ihn aufstehen, nimmt auf dem Schemel Platz und sagt: „Nu paß uff! Ick mach det so." Dabei nimmt er des Schülers Kreidestift, tupft Punkte mit fester Hand auf das graue grobkörnige Papier, und indem er diese Punkte mit sicher gezogenen Linien untereinander verbindet, brummt er vor sich hin: „Det hab ick von meinen Vater. Det war'n Schneider."

Einen andern Schüler fragte er im Vorbeigehen: „Haste det alleene jemacht?" Schüler: „Jawohl, Herr Direktor." Schadow: „Janz alleene?" Schüler (fast beleidigt): „Jawohl, Herr Direktor!" Schadow: „Na, denn kannste Töpper werden."[11]

Überflügelter Ruhm

Die Beliebtheit SCHADOWs, in dessen höchst umfangreichem Schaffen sich nach den frühen Meisterwerken langsam, aber mit spürbarer Stetigkeit ein Leistungsabstieg vollzog, trat in seiner zweiten Lebenshälfte hinter der seines Schülers Christian Rauch zurück; dessen gefällige, wenn auch etwas süßliche Darstellungsart fand beim Hof wie auch in der breiteren Öffentlichkeit größeren Anklang.

Schadow erlebte diese Zurücksetzung nicht ohne Bitterkeit. Als Alexander von Humboldt ihn einst nach dem Grund seiner Reserviertheit im öffentlichen Leben fragte, gab der Hauptmeister des deutschen Klassizismus mit etwas resignativem Lächeln zurück: „Wat soll ick denn noch? Mein Ruhm is in Rauch uffjegangen."

Verräter und Patrioten

Die bösen Franzosenjahre, das waren: Jena und Auerstädt, „Wir sind auf den Lorbeeren Friedrichs des Großen eingeschlafen“ und „Ruhe ist die erste Bürgerpflicht“, Wilhelm Raabes „Sperlingsgasse“, Entführung der Quadriga vom Brandenburger Tor nach Paris, Begegnung der Königin Luise mit Napoleon, auch wohl nationale Charakterlosigkeit unterwürfiger Konjunkturritter. Damals während der Besetzung Berlins erschien ein solcher Opportunist beim General Hulin, dem französischen Stadtkommandanten, und meldete ein verstecktes Holzlager an. Doch aus der Belohnung, mit der der Verräter rechnete, wurde nichts, denn der Franzose winkte verächtlich ab: „Meldet es Eurem König bei seiner Heimkehr, denn dann benötigt er Holz, um Schurken Eurer Art aufzuhängen.“

Damals war es, daß sich Major VON SCHILL der Niederlage nicht beugen wollte und mit seinem Freikorps die französischen Besatzungstruppen schwer verunsicherte. Auf seinen kühnen Streifzügen hatte er einst vier prachtvolle Pferde, die für Napoleon bestimmt waren, erbeutet. Der Franzosenkaiser, dem viel an dem Besitz dieser Pferde lag, ließ dem aktiven Widerstandskämpfer viertausend Taler für die Pferde bieten, tausend für jedes. Der Brief trug die Aufschrift: „An den Räuberhauptmann Schill“, seine Truppe wurde als „Brigands“ bezeichnet.

Schill gab in seiner Antwort die Anrede gleichermaßen zurück: „Mein Herr Bruder“, schrieb er. „Daß ich Ihnen vier Pferde genommen habe, freut mich umso mehr, als ich aus Ihrem Schreiben ersehe, daß Sie so großen Wert darauf legen. Ich bin jedoch nicht bereit, sie zurückzugeben, denn mich gelüstet nicht nach Ihrem Geld; außerdem handelt es sich dabei ja nur um solches, das Sie meinem Vaterland geraubt haben. Wollen Sie indessen die von Ihnen geraubte Quadriga wieder an ihren Platz auf dem Brandenburger Tor zurückbringen, so stehen Ihnen die vier Pferde, die ich erbeutet habe, ohne weitere Bezahlung wieder zu Diensten.“

Kalter Krieg

Während der Berlin-Blockade war LOUISE SCHROEDER, die bereits die gesamte Zeit der Weimarer Republik hindurch MdR gewesen war, geschäftsführende Oberbürgermeisterin von Berlin. In dieser Zeit des Kalten Krieges, die geteilte Sektorenstadt war völlig isoliert, kehrte die engagierte SPD-Politikerin einst von einer Dienstreise aus Westdeutschland nach Berlin zurück, als ihr Pkw plötzlich streikte. Während sich der Fahrer im nächsten Dorf um Hilfe bemühte, tauchte ein sowjetischer Streifenposten auf und stellte die schlichte Frau, die sich dort unberechtigt aufhielt. „Ich bin der Bürgermeister von Berlin", gab sie auf seine Verhörsfrage zur Antwort.

Der Iwan zeigte sich unwillig amüsiert: „Du Bürgermeister? Ich Marschall Schukow! Dokument!" Lachend ließ er sich den Ausweis geben und machte sich, des Lesens unkundig, auf den Weg.

Bald darauf kam ein Offizier angefahren, reichte Berlins Stadtmutter den Paß zurück und – brachte sie in seinem großen Wagen wohlbehalten nach Berlin.

Beneidenswerte Aussicht

Beherrschende Stellung im geistigen Leben Berlins gewann der Schriftsteller SPIELHAGEN, der mit seinen realistisch gestalteten Zeitromanen, z. B. dem vierbändigen „Problematische Naturen" für die sozialen Interessen des liberalen Bürgertums eintrat. Aus der Zeit nach dem Siebziger Krieg, als Spielhagens Roman „Was die Schwalbe sang" in literarisch interessierten Kreisen ganz groß im Gespräch war, berichtet ein zeitgenössischer Buchhändler über seine Begegnung mit dem selbstbewußten Autor: „Eines Abends wurde im Beisein des bekannten Dichters lebhaft über das neue Werk diskutiert. Ich selbst saß schweigend dabei, denn ich hatte es noch nicht gelesen, und lauschte der Unterhaltung. ‚Haben Sie denn ‚Was die Schwalbe sang' noch nicht gelesen?' wandte sich Spielhagen da an mich. Ich verneinte etwas beschämt.

‚Da muß ich Sie aber beneiden, denn es steht Ihnen noch ein großer Genuß bevor', gab er mir wohlwollend und in schöner Bescheidenheit zur Antwort."[26]

Schnauze mit Herz

Zum Bild des aufgebauten Berlin nach dem Zusammenbruch gehören die STACHELSCHWEINE, Deutschlands berühmtes Kabarett, das „mit der Hand am Nerv der Zeit“ die Überlieferung dieser Kleinkunst fortsetzte und mit reichhaltiger Skala seiner theatralischen Mittel die politische Gegenwart kritisch aufzuhellen wußte; in ihren komödiantischen Darbietungen findet die Entwicklung der turbulenten Nachkriegszeit und des Wirtschaftswunders scharfzüngige Würdigung weit über die Grenzen der Stadt hinaus.

„Zwischen Halensee und KadeWe*
spürst du den Pulsschlag einer großen Stadt,
die nach den Jahren voll Misere
ihre alte Atmosphäre
doch noch immer nicht verloren hat“,

so bekundeten sie ihren unerschütterlichen Lebenswillen als Liebeserklärung an Berlin.

Als die stacheligen Berliner einst – es war nach dem Mauerbau – von einer Gastspielreise heimfuhren, wagte ein Vopo am Kontrollpunkt des Zonenübergangs etwas Ungewöhnliches: Als er sich überzeugt hatte, daß Vorgesetzte außer Sicht waren, bat er um ein Autogramm. Dankbar nahm er die Bildpostkarte mit den Unterschriften in Empfang, begab sich zur Unterkunft und – kehrte gleich darauf mit neuer Bitte zurück: Ein Kollege in der Baracke, im Augenblick unabkömmlich, hätte auch gern – „Er kennt die Stachelschweine sehr gut“ – solch ein Foto mit den Autogrammen.

Die Bitte setzt sich dann fort, denn – „Wenn Sie mir's nicht übelnehmen“ – die andern Kollegen da drinnen möchten auch so gern ein Bild mit Autogramm haben.

Und auf die Frage nach dem Grund solch allgemeinen Interesses: „Man kann ja“ – der Volkspolizist blickt erst wieder vorsichtig in die Runde – „nie wissen, was so noch kommt“, sagt er leise. „Und Autogramme von den Stachelschweinen – die sind dann bestimmt mal was wert!“[27]

* Kaufhaus des Westens

König des Belcanto

Die glanzvollsten Zeiten, die Vollkommenheit der Operette, waren jene zwanziger Jahre, als RICHARD TAUBER „Paganini", den „Zarewitsch", „Friederike", „Das Land des Lächelns" sang. Jede Premiere dieser Vorstellungen im Berliner Metropol-Theater bedeutete ein gesellschaftliches Ereignis, das noch heute nicht überboten ist. Richard Tauber in den Rollen, die Lehár für ihn schrieb, stand auf der Höhe seiner Jugend und seines Weltruhms. „Dein ist mein ganzes Herz" – „O Mädchen, mein Mächen, wie lieb ich dich!" – „Immer nur lächeln" – „Es steht ein Soldat am Wolgastrand" haben ihre Zugkraft bis heute bewahrt. Mehr als fünfhundert Schallplatten hat dieser nie erreichte Zauberer des deutschen Belcanto besungen, von der Oper und Operette bis zum Volkslied und zum Schlager – er konnte eben alles. In unendlicher Menge wurde Taubers Platte „Ich küsse Ihre Hand, Madame" verbreitet. Daß er 1933 seine deutsche Heimat verlassen mußte, hat er nie ganz verwunden.

Mangelndes Selbstbewußtsein war nicht Richard Taubers schwache Seite. Bei einer Verhandlung über sein Gastauftreten meinte einst ein Intendant: „Sie verlangen aber geradezu horrende Gagen – die bekommt ja kein Minister!"

Der Tenor lächelte: „Sie haben vollkommen recht", meinte er dann, „aber vergleichen Sie selbst: Wenn ein Minister stirbt, dann sind doch gleich sechs bis zehn andere für ihn da – aber wo nehmt ihr noch einmal einen Tauber her?"

Die Dosis macht das Gift aus

Bereits als 28jähriger, der noch ein Jahr zuvor an den Barrikadenkämpfen in Berlin teilgenommen hatte, war RUDOLF VIRCHOW als Professor an die Universität Würzburg berufen worden. Er bereicherte die Naturwissenschaft mit überragenden Leistungen, seinen grundlegenden Forschungen zur pathologischen Anatomie und besonders der von ihm begründeten Zellularpathologie. An dem Weltruhm der Berliner Universität des 19. Jahrhunderts, die ihm bald darauf ein Ordinariat verlieh, hatte Virchow in seinem Wissenschaftsbereich verdienstvollen Anteil.

Als Examinator war er gefürchtet und konnte in der Tat oft von recht bösartiger Ironie sein. „Jeder Arzt muß sich wenigstens einmal in seinem Leben auf der Höhe der Wissenschaft befinden", unterstrich er seine strenge Forderung. So stellte er in der inneren Prüfung dem Kandidaten einst folgende Aufgabe: „Sie werden zu einem Patienten gerufen, bei dem Sie Nierenkolik feststellen. Was würden Sie mit ihm anfangen?" – „Ich gebe ihm zunächst Morphium zur Schmerzlinderung." – „Gut", meinte Virchow; „Sie geben ihm Morphium. Und welche Dosis, Herr Kollege?" Der Prüfling zögerte etwas mit der Antwort. „Nullkommafünf Gramm, Herr Professor!"

Der Examinator blinzelte durch die Brillengläser: „Nullkommafünf Gramm? Naja. Und was machen Sie dann mit der Leiche, Herr Kollege?"

Medizinprofessor als Politiker

Als Mitbegründer und Vorsitzender der Deutschen Fortschrittspartei, später der Deutschen Freisinnigen Partei, trat RUDOLF VIRCHOW, einst als fanatischer Achtundvierziger Teilnehmer an den Barrikadenkämpfen, dem Ministerpräsidenten Bismarck im Verfassungskonflikt des Landtages streitbar entgegen. Bismarck hielt seinen unnachgiebigen Kontrahenten, den er als Pathologen von Weltruf hoch anerkannte, für einen politischen Dilettanten – oder suchte ihn zumindest in polemischer Diskussion als solchen bloßzustellen. So wies er einen Angriff Virchows, er vermisse bei dem Herrn Ministerpräsidenten auch das leiseste Verständnis für nationale Politik, gelassen zurück: „Ich muß dem Herrn Abgeordneten diesen Vorwurf zurückgeben unter Weglassung des Eigenschaftswortes ‚national'!"

In späteren Jahren tat sich Virchow auch als Mitglied des Reichstages mit seinen Diskussionsbeiträgen in Etatfragen wie im Kulturkampf wortgewaltig hervor. Oft genug mußte er sich Bismarcks scharfzüngige Entgegnungen gefallen lassen. „Seit vier Jahren", so konterte Bismarck einst im Reichstag, „hat der Herr Abgeordnete in Bezug auf die Ergebnisse der Regierungspolitik stets das Gegenteil des tatsächlichen Ablaufs prophezeit. Ich glaube deshalb und hoffe, daß er diesmal gleichermaßen irren werde und daß er sich daher dreist schon heute der Politik der Regierung anschließen kann."[3]

Heinrich und Hermann

Zum Bild des Berlin der 20er Jahre gehört unverlierbar eine Künstlerin aus Gelsenkirchen, die zur unvergleichlichen Wahlberlinerin geworden ist, in dem Fach „kecke Naive" eine typische Berliner Jöre, frech und schlagfertig, übermütig und schnodderig. „Man muß sich den Namen merken", so der höchst anspruchsvolle Alfred Kerr bereits in einer frühen Kritik: „CLAIRE WALDOFF. Ein originelles Talent." In den Possen dieser gefeierten Volkssängerin erlebte die Berliner Mentalität ihr Spiegelbild, sie war das Volk von Berlin, die „Kleene" – so Claire über sich selbst – war eine „dolle Bolle" geworden. Mit ihrer frechen Klappe verstand sie überzeugend, törichte Anmaßung vom Sockel zu ziehen:

„Da kam Familie Jänseklein,
die wollten etwas Bess'res sein;
die hatt'n so'nen jroßen Dünkel –
und war'n doch man janz kleene Pinkel."

Das Standard-Chanson, vielumjubelt, war „Hermann":

„Hermann heeßt er,
Mit de Kniee stößt er,
Hermann heeßt er!"

In ihrer Liebe zu Berlin wußte die Kabarettistin sich einig mit dem ihr geistesverwandten Heinrich Zille, und so feierte sie ihn zu seinem Siebzigsten mit einer Variante ihres volkstümlichen Liedes:

„Seine Kunst
brachte ihm des Volkes Gunst;
er malt statt Parademärsche
Mädchenbusen, Kinderärsche,
lauter nackte, kleene Beester –
Heinrich heeßt er, der geschickt
weiß, wo der Schuh die Armen drickt.
Wenn ihr glaubt, er malt die Sachen
bloß, damit die Leute lachen,
liebe Kinder, ja, dann döst ihr –
Heinrich heeßt er!"

Ein paar Jahre später – das ominöse Jahr 33 war angebrochen – gab es dann noch eine Variante, in der Hermann-Beziehung unmißverständlich:

„Links Lametta, rechts Lametta,
und der Bauch wird immer fetter.
Fliegen kann er wie ein Meester:
Hermann heeßt er!"

Aber Claire Waldoffs Auftreten war mit dieser Abwandlung nur noch von begrenzter Dauer, denn der davon betroffene Hermann verfügte nicht über den erforderlichen Humor . . .[28]

Gesellschaftliches im Hinterhof

Zwei in Berlin Zugewanderte, CLAIRE WALDOFF und Heinrich Zille, hatten sich in Freundschaft gefunden und ihrer gemeinsamen Liebe zu Berlin. „Er war herrlichstes Berlin, obwohl er Sachse war", so berichtet sie. Für sie selber, die aus dem Kohlenpott stammte, galt es in gleicher Weise. „Wir waren wohl beide extra für diese Stadt geschaffen worden. Unsere Mütter müssen vor unserer Geburt von der Panke geträumt haben: So sehr waren wir beide berlinerisch, im Wesen, im Dialekt und im Herzen."

Anschließend an Zilles Siebzig-Jahr-Geburtstagsfeier 1928, zu der beide im Rundfunk aufgetreten waren, besuchten sie auf dringende Bitten eine alte Berlinerin im Armenviertel. Der Anblick des Hinterhofs reizte Zille sogleich, zum Skizzenbuch zu greifen, um die Szenerie festzuhalten. Die Wahlberlinerin hat die Atmosphäre geschildert: Zwei Kinder spielten im Schatten der Mülltonnen Knicker und Murmeln. Da klirrte auf einmal hoch oben ein Fenster, eine Frauenstimme rief zum Hof hinunter: „Emil! Sollst sofort ruffkommen!" Als der Angesprochene nicht reagiert, wiederholt sich bald darauf die Aufforderung noch heftiger: „Emil! Ha'ck dir nich jesacht, sollst ruffkommen!" Als der Junge keine Anstalten macht, der keifigen Aufforderung zu folgen, redet der andere ihm zu: „Emil, haste denn nich jeheert? Sollst ruffkommen zu deine Olle!"

Da endlich wird Emil lebendig, sehr ernsthaft tritt er dem Freund entgegen: „Wat heeßt hier woll ‚deine Olle'? For dir jefälligst immer noch ‚Fräulein Lehmann'!"[28]

Wer ist der Vater des Kalbs?

Kritiker können es häufig nicht lassen, ihre eigene Person mit geistreichelnden Wortspielen brillierend herauszustellen. Das mußte auch der Schauspieler WASSMANN, bekannter Komiker der Reinhardt-Bühnen, erleben, als er in seinen Anfangsjahren noch klassische Rollen spielte. Es war Schillers „Kabale und Liebe", in der er die Rolle des intriganten Hofmarschalls von Kalb verkörperte. Nach einer beachtlichen Aufführung mit viel Applaus war in der Kritik dann zu lesen: „Waßmann war als Kalb vollendet."

Kritik der Kritik ist nach solchen Bewertungen nicht üblich, trotzdem hielt der Schauspieler es für sein gutes Recht, hier eigene Stellungnahme zu geben. Daß er nicht nur auf der Bühne Witz besaß, erwies er in seinem Brief an den Kritiker: Er schloß seine Vorhaltungen mit versöhnlicher Zusammenfassung: „Jedenfalls danke ich Ihnen für die väterliche Beurteilung meiner Leistung."

Einst: Berlins Landesvater

Mit seinem Übergang von der beruflichen Industrietätigkeit in die politische Öffentlichkeit war RICHARD VON WEIZSÄKKER dem Trend der bedeutenden Professorenfamilie gefolgt, denn sein Bruder, der Physiker und Philosoph Carl-Friedrich, steht in Friedens- und Sicherheitsfragen politisch der SPD nahe; dessen Sohn Christian engagiert sich für die FDP. „Andere geben den Parteien Spenden, was Ärger ausgelöst hat", so pointierte der damalige Senatssprecher Ade das Familiensplitting des Schöneberger CDU-Mannes, „die Weizsäckers spenden ihnen nützlichen Man-Power." Ade kannte die politische Spannungsbreite der Familie: „Ich kann mir da auch noch einen Anwärter für die Grünen vorstellen . . ."

Im Sinne seiner Regierungserklärung strebte Richard von Weizsäcker, der im Schöneberger Rathaus, dem „interessantesten, aber auch bescheidensten" Regierungsgebäude Deutschlands, das komplizierte inselhafte Staatsgebilde regierte, Gleichklang zwischen Berlin und Bonn an. Als Landesvater – denn

Berlin ist ein Land der Bundesrepublik Deutschland – konnte er Helmut Schmidt bei dessen Besuch im Jahr '82 daran erinnern, daß dieser Gleichklang bereits im Wahlkampf geübt worden sei, damals als er den damaligen Bundeskanzler, von diesem als Klops apostrophiert, einen „Hamburger" genannt habe. „Das ist doch wahrhaft kulinarischer Gleichklang – wenn ich auch der Wahrheit etwas näher gekommen sein dürfte!"

Weizsäcker kann sich sonst durchaus distanzbetont in seiner Haltung zeigen und verabscheut öffentlichen Rummel. Trotzdem war er als Strohwitwer einst dem Ansinnen des Fotoreporters einer Illustrierten gefolgt, sich beim Einkauf auf dem Wochenmarkt vor dem Schöneberger Rathaus begleiten zu lassen, und erschien dann mit seinem Mitarbeiter Ade zu diesem PR-Einkauf für die Bildpresse.

Als der Senatssprecher, damals ebenfalls Strohwitwer, zugleich die Gelegenheit benutzen wollte, für sich selber Pfifferlinge einzuhandeln, betrachtete der Dienstherr Ades Geldausgabe gewissermaßen im Rahmen dienstlicher Tätigkeit und drückte ihm spendabel die Pilze als Geschenk in die Hand.

Außenstehende konnten bei der Beobachtung von Weizsäkkers Umgang mit Mitarbeitern bestätigt sehen, daß Ade ihm mehr als einen Pfifferling wert sei.[36]

Wer bleibt da wohl unempfänglich?

Natürlich widerspricht es WEIZSÄCKERs Persönlichkeitsstruktur, eitel zu sein. Trotzdem – – nun – – wohl jeder Mensch – – jedenfalls berichtete ihm ein enger Mitarbeiter, beim Aufenthalt in San Francisco sei ihm eine attraktive junge Dame begegnet, Assistentin des US-Senators Bill Bradley im Staat New Jersey, die habe von dem Besuch geschwärmt, den Berlins Regierender Bürgermeister ein Jahr zuvor, bald nach seinem Amtsantritt, in Washington gemacht habe. Die Dame habe sich mit Entzücken erinnert: „Ach, Weizsäcker, das ist doch dieser gutaussehende weißhaarige Mittvierziger, der in Washington einen so blendenden Eindruck gemacht hat . . ."

Der Regierende, Jahrgang 20, damals also immerhin 62 Jahre alt, soll sich bei dieser Mitteilung mit unübersehbarer Geste übers Haar gestrichen und mit etwas verräterischem Lächeln angedeutet haben, daß solche bisher unbekannte Resonanz seines Amerika-Besuchs ihn nicht völlig unberührt lasse.[36]

Barbarisches Latein

Der Dichter FRANZ WERFEL hatte in den 20er Jahren sein Drama „Juarez und Maximilian" in Berlin angebracht, wo es von Max Reinhardt am „Deutschen Theater" inszeniert wurde. Werfels Gestaltung des historischen Stoffes fand in seinem psychologischen Realismus damals lebhaften Anklang, das Publikum begrüßte die Uraufführung mit viel Applaus.

Nach der Aufführung saßen einige der Schauspieler in der Theaterkantine und besprachen zufrieden das Ereignis. Als einer der unbeteiligten Kollegen, der noch keine Kenntnis von dem erfolgreichen Ergebnis hatte, mit fragendem „Na, wie war's?" herantrat, setzten die Mimen undurchsichtige Mienen auf. „Wie bei Cäsars Rubikon", gab einer dann sibyllinisch zur Antwort. Der Frager schüttelte verständnislos den Kopf.

„Sie können wohl kein Latein!" fuhr der andere ihn an: „Iacta est alea. Der Werfel hat gefallen."

Pointierte Beziehungssetzung

Die „schimmernde Wehr" des wilhelminischen Reiches fand kennzeichnenden Ausdruck in den zu seiner Zeit hochberühmten Historiengemälden ANTON VON WERNERs, der seit 1875 Direktor der Berliner Kunstakademie war. Weithin bekannt wurde beispielsweise seine „Kaiserproklamation zu Versailles".

Liebermann schätzte den Kollegen nicht sonderlich, ebenso wie sich andererseits von Werner lautstark gegen die moderne Malerei der Sezessionisten zu äußern liebte. Nach seinem Urteil über dessen Historienmalerei gefragt, bezog sich Liebermann sehr pointiert auf eine bekannte kunstgeschichtliche Wertung: „Selbst wenn Raffael ohne Hände geboren wäre, wäre er doch ein großer Maler geworden."

Und so der Urberliner über seinen Kontrahenten: „Ick meene, wenn der Anton von Werner ooch ohne Hände jeboren wär' – denn hätt' der doch immer noch de jrößte Schnauze!"

Der eine nicht ohne den andern

Seit jenem denkwürdigen Gespräch im Park zu Neubabelsberg, wo WILHELM I. sich entschloß, Bismarck das Amt des Ministerpräsidenten zu übertragen, bestand eine Partnerschaft zwischen den beiden großen Männern, die in der Geschichte wohl einzigartig ist.

Wilhelms Größe liegt sicherlich in seiner selbstbewußten Zurückhaltung, in der er sich unbefangen bescheiden konnte, die richtigen Männer an die richtige Stelle zu setzen und ihnen vertrauensvoll Entfaltungsraum zu bereiten. Er wußte, was er Bismarck zu verdanken hatte. Als ein russischer Fürst einst dem König sein Kompliment zu dem guten, frischen Aussehen machte, zeigte der König mit ritterlicher Geste auf den Chef seines Kabinetts: „Hier steht mein Arzt."

Andererseits wird oft zu wenig eingerechnet, daß Bismarck selber ohne den alten Herrn gar nicht denkbar wäre. Man hat ein dreistes Junker-Wort, wohl auf Bismarck bezogen, abgewandelt: „Und der König absolut, wenn er meinen Willen tut" – doch das bedeutet nur eine vereinfachende Mißdeutung; dazu war Bismarcks Verehrung für das „Reichssymbol" viel zu beherrschend. Sein Souverän war wohl langsamer, weil behutsamer aus Verantwortungsbewußtsein, im Denken, er handelte aber stets nach eigener Entscheidung, in Zweifelsfragen eben aus Einsicht in übergeordnete Notwendigkeiten. Vielsagend ist der Stoßseufzer, der dem Herrscher zugeschrieben wird: „Es ist nicht immer leicht, unter Bismarck Kaiser zu sein."

Bei einer Dienstbesprechung stellte der Kaiser die übliche Frage: „Noch etwas zu erledigen?"

Bismarck hatte ein ungutes Gefühl, denn bei einigen temperamentvollen Äußerungen im engeren Kreis hatte er sich auch über den Monarchen ausgelassen, und nun fürchtete er, dieser habe Kenntnis davon bekommen.

So räusperte Bismarck sich ein wenig: „Ich melde Ew. Majestät, daß ich vor einigen Tagen auf Ew. Majestät geschimpft habe."

Der greise Kaiser lächelte nachsichtig: „Inzwischen ist mir einiges zur Kenntnis gekommen. Aber wissen Sie, was ich mir gesagt habe? ‚Einem großen Mann muß man vieles nachsehen.'"[3]

Nicht ausweichen!

Bei aller Ergebenheit, die der Reichskanzler von Bismarck, „treu wie ein kurbrandenburgischer Vasall seinem Lehnsherrn", dem Kaiser entgegenbrachte, bewahrte er sich immer die menschliche Unbefangenheit. Einst unterhielt er sich bei einer Frühstückstafel, zu der der Kaiser geladen hatte, mit dem englischen Militärattaché General Hamley über die Güte Kaiser WILHELMs und seine Dankbarkeit gegenüber allen, die ihm dienten. Aber dann fügte er – so laut wie bisher – hinzu, leider sei der Kaiser dabei außerordentlich vergeßlich. Und er fuhr fort: „Neulich z. B. habe ich das Glück gehabt, ihm einen besondern Gefallen erweisen zu können, und da fragte er mich, wie er sich mir dafür erkenntlich zeigen könne. Ich sagte ihm, er möchte mir von dem alten Tokayer aus seinem Keller ein Dutzend Flaschen schenken. Aber", und jetzt sprach Bismarck noch lauter, „er hat's nicht getan." Der englische General saß während dieser kleinen Erzählung wie auf Kohlen und bat schließlich den Kanzler dringend, etwas leiser zu sprechen, er fürchte, der Kaiser müsse ihn ja hören. Aber mit Stentorstimme erwiderte Bismarck, dem der Schalk aus den Augen leuchtete, ihm nur: „Das will ich ja gerade. Er soll mich hören."[3]

In Treue aushalten

„Soll er durchaus einen schmückenden Beinamen führen, dann: Wilhelm der Treue", so urteilt Eduard Engel über WILHELM I. Bismarck selber rühmte dem Kaiser vor allem nach, daß er seinen Dienern die Treue hielt, „oft weit über das Maß des Nützlichen hinaus."

Frau Johanna gegenüber sprach Kaiser Wilhelm anerkennend aus, wie geschickt der Reichsgründer seine Absichten zu erraten und – wie er nach einer Pause hinzufügte – zu leiten wisse. Als der Kanzler 1877 um seinen Abschied bat, fuhr Kaiser Wilhelm auf: „Wollen Sie mich auf meine alten Tage blamieren? Es ist eine Untreue, wenn Sie mich verlassen!"

Doch Bismarck hatte damals Verlangen nach dem Ruhestand und legte dem Kaiser ein Gesuch vor. Kopfschüttelnd las der Monarch das Schreiben und schrieb dann mit energisch geführter Feder nur ein Wort an den Rand, das berühmt gewordene: „Niemals!"

Beim nächsten Zusammentreffen griff der Kaiser sofort die Frage auf und gab seine Begründung: „Sie müssen bei mir bleiben. Denken Sie doch bitte daran, daß ich achtzehn Jahre älter bin als Sie – und ich halte auch aus."

„Das ist wohl nicht zu verwundern, Majestät", entgegnete der Kanzler respektvoll. „Der Reiter hält es ja immer länger aus als das Pferd!"

Und Bismarck blieb.[3]

Der greise, der weise, der Reise-Kaiser

Das Drei-Kaiser-Jahr '88, in dem mit dem Tod Friedrichs III. eine organische Thronfolge tragisch durchbrochen wurde, deutete den verhängnisvollen Geschichtsverlauf der nächsten Jahrzehnte bereits an. Der Volksmund kennzeichnete diese drei Exponenten deutschen Schicksals sehr drastisch. Wilhelm, der greise Kaiser: „Ich habe keine Zeit, müde zu sein", Friedrich III., der weise Kaiser: „Lerne leiden, ohne zu klagen", WILHELM II., der Reise-Kaiser: „Aujuste, pack die Koffer!" Als er seine Reise ins Heilige Land, wieder untermalt von forschen Sprüchen, antrat, zeigte eine Karikatur des „Simplicissimus“ den Kreuzritter Gottfried von Bouillon im Gespräch mit dem Stauferkaiser Friedrich I. „Lach doch nicht so dreckig, Barbarossa“, fuhr der spätere König von Jerusalem seinen Partner an: „Unsere Kreuzzüge haben eigentlich ja auch keinen Zweck gehabt.“

Der beziehungsreiche Scherz der satirischen Zeitschrift wie die Tatsache, daß sein Urheber, der berühmte Th. Th. Heine als beißender Kritiker der wilhelminischen Ära, wegen Majestätsbeleidigung sechs Monate ins Gefängnis mußte, beleuchtet schlaglichthaft die Zeitsituation.

Der Ton bei Hofe

WILHELM II. war als Prinz recht berlinerisch aufgewachsen und brachte seine Gouvernante mit seinen volkstümlichen Ausdrücken oft zur Verzweiflung. Eines Tages sah sie sich wieder gezwungen, beim Kronprinzen Friedrich Klage zu führen, daß ihr Zögling alle Erziehungsversuche dieser Art mißachte. „Bei jeder Gelegenheit verwendet er ein häßliches Wort, das ich gar nicht aussprechen mag“, sagte sie.

Der kronprinzliche Vater, der spätere Kaiser Friedrich III., ließ sich ins Kinderzimmer führen und sah den Erstgeborenen auf seinem Schaukelpferd sitzen. Als es nicht in den befohlenen Galopp fallen wollte, griff der junge Reiter zur Gerte und rief drohend: „Wart nur, du Aas!“

„Da sehen Kaiserliche Hoheit selber, wie es steht“, sagte die Erzieherin betrübt.

Friedrich schien recht betroffen über solche unprinzliche Ausdrucksweise seines Sohnes: „Aber nu saaren Se doch man bloß, mein Frollein“, rief er erstaunt, „wo mach det kleene Aas det denn nur her haam?“

Freiheit des Urteils

WILHELM II., sehr auf friderizianische Tradition bedacht, benutzte jede Gelegenheit, den Maler Adolf Menzel, der schon früh geadelt war, in seinem Atelier zu besuchen. Aber bei seiner ungenierten Selbstherrlichkeit mußte er sich von der ,,kleinen Exzellenz" doch erst eine Belehrung gefallen lassen, wie sich der Betrachter – auch fürstlichen Geblüts – vor einem Kunstwerk zu verhalten habe.

,,Wenn Majestät", sagte Menzel, als der Kaiser sich dicht vor einem auf der Staffelei stehenden Gemälde aufpflanzte, ,,mir huldreichst erlauben wollen, an ein Wort Schopenhauers zu erinnern: ,Man soll sich nicht zu nahe vor ein Bild hinstellen, sondern vielmehr wie vor einen Fürsten, dessen Ansprache man respektvoll abzuwarten hat; man soll es deshalb auch nicht selbst anreden, weil man dann nur die eigene Stimme vernehmen würde'!"

Der Kaiser war einsichtsvoll genug, dem bedeutenden Maler solchen Hinweis nicht zu verübeln, und holte sich in Kunstfragen oft Menzels Rat. Auf einem Hofball geschah es einst, daß er den Meister nach seinem Urteil über ein Bildnis Wilhelms von Oranien, des kaiserlichen Ahnen, fragte. Menzel scheute sich nicht, sich ebenso drastisch wie kurz zu äußern: ,,Schund, Majestät!"

In der Umgebung des Allerhöchsten Herrn gab es beträchtliche Unruhe und Zeichen ängstlichen Erschreckens, aber Wilhelm winkte ab und bat den Maler ruhig: ,,Na, Verehrtester, betrachten Sie das Bild doch mal eingehender!"

Menzel tat gehorsam nach dieser Aufforderung, sah sich das Bild nochmal an und wandte sich dem Kaiser erneut zu: ,,Nischt zu machen, Majestät! Schund bleibt Schund!"[24]

Kunst kostet

Kaiser WILHELM, der an Kunstfragen – weil er sich auch auf diesem Gebiet für zuständig hielt – sehr interessiert war, hatte sich bei den Ankäufen für die Nationalgalerie immer die letzte Entscheidung vorbehalten. Kurz vor der Jahrhundertwende geschah es, daß ihm der Ankaufvertrag für die ,,Amazone" des Bildhauers Tuaillon zur Bestätigung vorgelegt wurde.

,,Der Preis scheint mir reichlich hoch", brummte der Kaiser etwas unwillig.

,,Es liegen hier besondere Umstände vor, Majestät", beeilte sich der Flügeladjutant zu bemerken, ,,denn Herr Tuaillon hat sich längere Zeit ein Reitpferd halten müssen, um sein Werk möglichst naturgetreu zu gestalten."

,,Na schön", meinte SM und gab seine Unterschrift, ,,da müssen wir wohl froh sein, daß er uns nicht auch noch eine Amazone in Rechnung gestellt hat!"[1]

Sein Vorrecht

Im Juni 1890 meldete sich Hauptmann Wissmann, der in Deutschostafrika einen Aufstand niedergeschlagen hatte, im kaiserlichen Schloß zu Berlin zum Rapport bei WILHELM II.

,,Den schnellen militärischen Erfolg des Unternehmens habe ich vor allem der Tüchtigkeit meiner Offiziere zu danken", erklärte der Hauptmann forsch und bescheiden auf das Lob seines Allerhöchsten Kriegsherrn.

Der Kaiser unterbrach ihn sofort: ,,Es sind meine Offiziere!"

,,Es ist erreicht!"

,,Ein allerliebstes Bonmot WILHELMs II.", so heißt es in einer Familienzeitung aus dem Jahr 1893, ,,bildet gegenwärtig in höheren Offizierskreisen das Tagesgespräch. Bei der letzten Frühjahrsparade fiel SM der wohlgepflegte Schnurrbart des Tambours im zweiten Garde-Regiment zu Fuß auf, und zwar vornehmlich deshalb, weil dessen Spitzen genau so wie die Spitzen des kaiserlichen Schnurrbarts breit nach oben gekämmt waren. Der Kaiser zeigte lachend auf den strammen Gardisten und meinte zum Regimentskommandeur, Oberst von Hartmannn: „Mir scheint, Ihr Regimentstambour hat denselben Friseur wie ich."

Medienbewußt

Der Publizist THEODOR WOLFF, souveräner Leitartikler des Berliner Tageblatts und in der Zeit der Weimarer Republik dessen Chefredakteur, Mitbegründer der „Freien Bühne", unterhielt sich damals nach dem Ersten Weltkrieg wieder einmal mit seinem Kollegen Theodor Heuss, der Reichstagsabgeordneter der Staatspartei und als freier Publizist tätig war. Es ging um berufsethische Standesfragen und dabei um die für einen guten Journalisten erforderlichen Eigenschaften. Wolff wußte als Gesprächsabschluß einen angemessenen Ausgleich zu formulieren: „Der muß voraussagen können, was morgen, was in der nächsten Woche und was im nächsten Monat geschieht und wie es sich entwickeln wird. Und dann muß er hinterher ebenso überzeugend und widerspruchslos erklären können, warum alles so ganz anders abgelaufen ist."

Papa Wrangel, unverwüstlich

Symbolgestalt der Armee vor 1870 war der Generalfeldmarschall Friedrich GRAF VON WRANGEL, der sich schon in den Freiheitskriegen als Reiteroffizier ausgezeichnet hatte und in den Unruhen 48 als Oberbefehlshaber in den Marken die Berliner Nationalversammlung sprengte. Der volkstümliche Haudegen, angeblich mit der Kasuslehre der Personalpronomina – mir oder mich? – auf ständigem Kriegsfuß stehend und liebevoll-anhänglich Papa Wrangel genannt, hatte damals die Drohung erhalten: Sollte er es wagen, in die Hauptstadt einzurükken, so werde man seine in Stettin lebende Frau kurzerhand erhängen. Als er dann an der Spitze seiner Truppen am Brandenburger Tor eintraf, trat ihm der Kommandant der Berliner Bürgerwehr entgegen und erklärte mit dem Pathos des Liberalisten: „Ich weiche nur der Gewalt!"

Wrangel als Vertreter der Staatsautorität nahm die Situation gebührend ernst und begütigte den Revoluzzer in väterlichem Ton: „Is jut, mein Sohn, die Jewalt is nu da. Du kannst jehn."

Im Bereich der hier begegnenden Anekdoten mag offen bleiben, wie weit sie Wrangels Humor geschmackvoll illustrieren und damit in die Kategorie der „gut erfundenen" gehören: Als Wrangel nämlich die Linden hinab ritt, soll er tiefsinnig vor sich hin gemurmelt haben: „Nu soll mir man bloß verlangen, ob se ihr woll uffjehangen haben." Und als sein Adjutant am Abend melden konnte, nach telegraphischem Bescheid aus Stettin befinde sich dort alles wohlauf, kann Wrangels angebliche Reaktion ebenfalls nur als fragwürdig gelten: „Uff de Stettiner is nu doch wirklich jar keen Verlaß!"[30]

Überfallartige Paranoia

Johann Wolfgang Goethe hat in den 82 Jahren seines Lebens nur einmal Preußisch-Berlin besucht. Es war 1778, als der 28jährige – laut „Vossischer Zeitung" – „Legationsrat von Göde aus Weymar", berühmt schon als „Goetz"- und „Werther"-Dichter, auf dieser Kavaliersreise als Begleiter des „Herzoglich Sachsen Weymarschen Kammerjunkers Herrn von Ahlefeldt", der in Wirklichkeit Serenissimus Karl August in persona war, im „Hôtel au Soleil" Unter den Linden abstieg, „die Pracht der Königsstadt, Leben, Ordnung, Überfluß . . .wie das Kind im Schönraritätenkasten" bewunderte, in dem „gottlosen Sodom" über den Alexanderplatz schritt, dessen Name Contreescarpe damals noch an die alte Stadtbefestigung erinnerte. Der Komponist Zelter, mit dem Goethe zwei Jahrzehnte später seine bedeutsame Brieffreundschaft eröffnete, war damals erst zwanzig Jahre.[32]

Dieser Berliner CARL FRIEDRICH ZELTER, Maestro der Singakademie und Begründer der „Liedertafel", mit der er die Pflege des Männergesangs in Berlin begründete, der verdienstvolle Lehrer von F. Mendelssohn-Bartholdy, Otto Nicolai,

Giacomo Meyerbeer, war von derber Originalität und höchst erregbar. Im Nachbarhaus wohnte eine musikliebende Mademoiselle Niqué, die jeden Morgen mit dem Lied „Meinen Romeo zu sehn" eröffnete. Mit ihrer Trompetenstimme brachte sie den Musiker schier zur Verzweiflung.

Einmal riß ihm der Geduldsfaden bei dieser Kunstdarbietung. Wütend sprang er von seiner Arbeit auf und stürzte in das Zimmer seiner drei Töchter, denen der Klavierlehrer gerade Stunde gab. Zelter packte den Arglosen bei der Schulter, schüttelte ihn und brüllte ihm ins Ohr: „Herr, schaffen Sie mir einen Romeo für Mademoiselle Niqué – oder ich bin verloren!"

Zu Tode erschrocken stürzte der Klavierlehrer davon – ganz Berlin aber durcheilte die Schreckenskunde: „Zelter ist verrückt geworden!"[2]

„Geld ist nicht mein Milljöh"

Eine soziale Kehrseite wilhelminischer Macht- und Prachtentfaltung, das Berlin der proletarischen Viertel und des Kleinleuteelends, die Welt der Hinterhöfe und der Keller, der Kneipen und Kaschemmen fanden ihren beredten zeitgeschichtlichen Interpreten in HEINRICH ZILLE, diesem urberlinerischen „Pinselheinrich", der in Wirklichkeit als Sachse aus Radeburg bei Dresden stammte und mit seiner Existenz die integrierende Kraft der Spreestadt bekundete. Lange Zeit hat er mit seiner Persönlichkeit Berlin gleichsam verkörpert. Er bewegte sich mittenmang in diesem Berlin j. w. d. – was „janz weit draußen" bedeutet – und hat als anklagender Sozialkritiker und mit stummem wie mit lautem Protest, andererseits aber mit gelassener Ironie und bissigem Humor, mit schlagfertig-sicherem Witz und ätzender Satire sein „Milljöh" verewigt.

Wie weltfremd und von kindlichem Gemüt dieser bedeutende Graphiker war, erweist sein Umgang mit der Welt des Geldes. Aus seinen pekuniär beengten Anfangsjahren um die Jahrhundertwende berichtet er von einem ganz unerwarteten Verkaufserfolg: „Ein Verrückter . . .gab mir für zwei Zeichnungen 37 Mark. Es war wirklich wie Weihnachten. 37 Mark auf den Tisch – so wie nischt. Ick verdufte, weil ick fürchte, wenn der aus dem

Säuferwahn erwacht, denn verlangt der det scheene Jeld widder zuricke."

Als der Film die Thematik des Zille-Milljöhs entdeckte, erschien bei ihm ein Produzent, um ihn mit seinen Typen aus Berlin O, den Gören von der Straße, den Meechens aus dem Wedding zu gewinnen. Als der Pinselheinrich mit vielerlei Skepsis seine Einwände brachte, suchte ihn der Filmgewaltige günstig zu stimmen: „Dreitausend", sagte er – und war heimlich bereit, bis 5000,– zu gehen.

Zille glaubte, der andere rede von den Produktionskosten des Films. Daß es sich hier um das ihm angebotene Honorar handeln sollte, verwirrte ihn völlig. Er gab zu bedenken, wie hoch die Herstellungskosten werden, wie unsicher die Aussicht sei, daß überhaupt Besucher ins Kintopp kommen würden, und – handelte das Honorarangebot in seiner kindlichen Naivität auf 1000,– Mark herunter.

Erst das Eingreifen eines Freundes konnte im letzten Augenblick den Vertrag berichtigen und Zille einen neuen Scheck über immerhin 3000,– Mark bescheren: „Man darf dich einfach nicht allein lassen, wenn's um was Jeschäftliches jeht."[13]

Einige Herkunftsangaben

[1] Vf., Und ewig klingeln die Gelder. Anekdoten über ein großes Thema. 1966
[2] Nach: Caroline Bauer, Aus meinem Bühnenleben. ^{2}1876
[3] Vf., Bismarck. Anekdotisches. 1981
[4] Nach: Walter Henkels, ,, . . .gar nicht so pingelig, meine Damen und Herren . . ." Neue Adenauer-Anekdoten. 1965
[5] Nach: ,,Atze" Brauner, Mich gibt's nur einmal. Rückblende meines Lebens. 1976
[6] Nach: Heinz Rühmann, Das war's. Erinnerungen. 1982
[7] Vgl.: Fritz Mack, Prominente in Hemdsärmeln. 1929
[8] Nach: Bernhard Fürst von Bülow, Denkwürdigkeiten. 1930–31
[9] Nach: Heli Ihlefeld, Kiesinger. Anekdotisch. 1969
[10] Nach: Werner Finck, Alter Narr – was nun? 1972
[11] Nach: Theodor Fontane, Wanderungen durch die Mark Brandenburg. 1907
[12] Vgl.: Wolf-Dieter Zimmermann, Anekdoten um Bischof Dibelius. 1967
[13] Vgl.: Wolfgang Tschechne, Heinrich Zille, Hofkonzert im Hinterhaus. 1979
[14] Vgl.: Joachim von Kürenberg, Menzel, die kleine Exzellenz. 1935
[15] Nach: Willy Fritsch, . . .das kommt nicht wieder. Erinnerungen eines Filmschauspielers. 1963
[16] Vgl.: Eduard Stemplinger, Von berühmten Schauspielern. 1939
[17] Jörg Petermann, Wollt ihr den totalen Witz? Anekdoten und Witze aus dem ,,tausendjährigen" Reich. 1966
[18] Vgl.: Deutsche Zukunft. 1935
[19] Vgl.: Georg W. Keßler, Der alte Heim. Leben und Wirken. 1879
[20] Nach: Heli Ihlefeld, Gustav Heinemann. Anekdotisch. 1969
[21] Vgl.: Hanna Frielinghaus-Heuss, Heuss-Anekdoten. 1979
[22] Ludwig Quidde, Caligula. Eine Studie über römischen Cäsarenwahnsinn. 1894, ^{34}1928
[23] Vgl.: Paul Löbe, Der Weg war lang. Lebenserinnerungen. ^{2}1954
[24] Vgl.: Paul Meyerheim, Adolf Menzel. 1906
[25] Nach: Otto Reutter, Ick wundre mir über jarnischt mehr. 1978
[26] Vgl.: Werner Fuchs-Hartmann, Die Berliner Anekdote im 19. Jahrhundert. 1931
[27] Nach: Wolfgang Tschechne, Ich hab' noch meine Schnauze in Berlin. Das Stachelschweinbuch. 1967
[28] Nach: Claire Waldoff, Weeßte noch . . . Aus meinen Erinnerungen. 1953
[29] Vf., Amtsschimmel. Von Bürokraten und Behörden. 1961
[30] Vgl.: Murawski, Papa Wrangel. Anekdoten, Schnurren und Schrullen. ^{2}1934
[31] Vgl.: Wilhelm Ahrens, Gelehrten-Anekdoten. 1911
[32] Vgl.: Hans Brennert, Berlinische Rhapsodien. 1935
[33] Nach: Luiselotte Enderle, Erich Kästner in Selbstzeugnissen. 1980
[34] Vgl.: Christian Spiel, Anekdoten um Herbert von Karajan. 1968
[35] Vgl.: Curt Riess, Das gab's nur einmal. Die große Zeit des deutschen Films. 1977
[36] Nach Tagesspiegel, Kolumne: Hinter den Berliner Kulissen. 1982

Personenregister